史賓諾莎診療室

スピノザの診察室

夏川草介

【給台灣讀者的作者序】

《史賓諾莎診察室》得以跨越國界，傳遞到台灣讀者手中，實在令我開心無比。

我對台灣有著非常印象深刻的回憶，那是好幾年前發生的事。當時我創作了以貓與少年為主角的《守護書的貓》，深受台灣讀者的熱烈支持。那之後已過了將近十年，貓咪物語也得以推出續篇。

在這個情況下，居然讓我有機會，能夠將「醫療現場的故事」這畢生志業傳達出去，對我來說，是莫大的喜悅。

在《史賓諾莎診察室》的故事中，我盡可能仔細描繪了從醫二十年間，凝視至今的生命本質。

史賓諾莎，是17世紀的荷蘭哲學家，但本書並沒有難懂的哲學解說。而是一位住在京都的內科醫師，與各式各樣的患者相遇，時而治療、時而照護，所交織出的物語。

想必不用說各位也明白，所謂的醫療，總是無法盡如人意。疾病會毫無預兆降臨，蠻橫傷害人們的身心，有時甚至會墜落絕望的谷底。

然而另一方面，我也確實見過無論症狀多麼嚴重，都不會卸下笑容、不忘顧慮他人的患者。甚至還有病患，即使罹患無法治癒的癌症，也能淡定度日，甚至關心我這個主治醫師的健康。

這些回憶至今仍為我帶來了許多啟發，更賦予自己認真生活的活力，因此我想寫下他們所存在過的景色。他們那安穩的身影，對於生存在這個苦痛時代的人們來說，肯定也能帶來勇氣與希望。而這就是我執筆本書的出發點。

我由衷期盼本書能夠跨海傳到更多人手中，成為照亮讀者們腳步的溫暖燈火。

二〇二五年六月　長野縣

夏川草介

目錄

第一話 半夏生

某個夏季午後。

在灼烤黑色屋瓦的烈日曝曬下，古都老舊蕭條的街角，升起蒸騰蜃影。

黎明時分，用心灑在地上降溫的水，現在已蒸發得一乾二淨，漆黑的柏油路燦白地反射著陽光。路上行人為了避暑，都躲在屋簷下移動。從木格子的隙縫間觀看此景的貓，也一臉厭倦地將眼睛瞇成了一條線。

雖是平日白晝，卻一片靜謐，因為這一帶是大馬路巷弄內的住宅區。

鄰近方廣寺*的這一區，民宅、新舊公寓櫛比鱗次，除了晨昏的通勤時段以外，白天反而杳無人影。不甚寬闊的馬路上，偶有宅配的自行車踩出喀啦聲響通過。

如此閑靜的土地一隅，雄町哲郎正拿著聽診器按在病患的胸口上。

「跟之前差不多呢，坂崎先生。」

哲郎將聽診器從瘠瘦的胸膛上挪開，平靜地說。

「跟之前差不多，但也撐不了多久了吧？醫生，只剩下一兩個月了嗎？」

躺在單薄夏季被褥上的男子，活動凹陷的臉頰問道。

對於這有些刺探的問題，哲郎搔了搔年紀輕輕就少年白的頭髮。

「我總是說，醫生評估的餘命完全無法當真。我看過相當多的病患，但預估的餘命沒有一次是準的。」

哲郎一邊淡淡地回應，一邊將聽診器塞進小小的出診包。

這時，傳來涼爽的鈴聲。是簷廊某處掛著風鈴吧？簡樸的八張榻榻米大的和室，關上了所有的紙門，並開了冷氣；但由於是老房子，還是十分通風。

「有時候以為可以撐上兩個月的人，一星期病況就急轉直下；也有些以為撐不到半年的人，卻活了超過一年。」

「說不準呢！」

聽到主治醫生泰然自若的回答，病患苦笑著咕噥道。

「說不準的。」

哲郎附和著，在取出的紙本病歷寫下病況。

——坂崎幸雄，七十四歲，男，胃癌第四期，肝臟有多處轉移，已出現黃疸。

坂崎去年做了抗癌藥物治療，但噁心等副作用嚴重，本人要求停止治療後，已經過了半年。目前拖著勉強還能緩慢行動的身體在自家生活，並接受哲郎到府看診。不過，說是到府看診，也只是每兩個星期過來做一次身體檢查，聊個幾句。

「孩子的爸，你又在為難町醫生了嗎？」

坂崎的妻子走進和室，開朗地說。

＊注：方廣寺，位於京都東山區，由豐臣秀吉創建，本尊為大日如來。其梵鐘上刻有「國家安康」、「君臣豐樂」等銘文，被德川家康視為不敬，最終導致豐臣家滅亡。與東大寺、知恩院的梵鐘，合稱日本三大名鐘。

以托盤端來飲料的坂崎芽衣子，體態圓潤豐滿，待在瘦成皮包骨的丈夫旁邊，對比更是強烈。

「我才沒有為難。只是希望最後一刻，自己可以躺在家裡的榻榻米上離開。」

「又在那裡說不吉利的話……不是說病由心生嗎？你要是這麼悲觀，佛祖也會提前來把你接走的。醫生，你說對吧？」

芽衣子的話裡，混合了同等的關心、著急與認命，反而讓人覺得率真。其中更是反映出，努力陪伴病榻丈夫的妻子的堅強。

「就是說啊……」

哲郎嘴裡應著，抬頭望向陽光燦爛傾注的南側拉門。

格子拉門下半部嵌著透明玻璃能夠賞景，因此可瞧見約二坪大的小庭院。由於取景巧妙，配置了植栽與籬笆的庭園，看上去出乎意料的大，其角落一簇艷麗的淡粉紅色，應是晚開的芍藥。

「早上的新聞說，今年夏天還有得熱呢！」芽衣子說。

「好像是呢！」哲郎應道：「下星期就是祇園前祭了，醫局*也在說，可能會有更多人中暑送醫。」

「這表示我也得當心點了，我可不想因熱死而被死神帶走。」坂崎說。

「是啊……」哲郎頓了一下，接著說：「感覺今年夏天死神也很忙，應該顧不到坂崎先生吧！」

「這樣的話……」芽衣子輕笑地說：「還得繼續麻煩醫生了，真不好意思啊！」

芽衣子豐腴的手，將玻璃杯逐一擺到一旁的矮桌上，並放下青磁小碟。清涼的綠茶和蕨餅，點綴出夏日風情。

「醫生坐一下再走吧！外子不吃的都被我吃掉了，害我愈來愈胖。」

哲郎默默點頭致謝，用牙籤叉起蕨餅放入口中。入口即化的蕨餅口感和黑蜜的甜味，稍稍驅逐了暑氣。

＊注：醫局，日本特有的制度，在大學醫院是由各科教授掌控的人事組織，在一般醫院裡則類似醫師辦公部門。

「再來一塊？」

芽衣子知道哲郎熱愛甜食，熱情地勸道。

哲郎已經來看診近四個月了，自然也被發現這些細節。

在病患旁邊大剌剌地享用甜點是對的嗎？這是個困難的問題，但隨著病人病況惡化，擺出愈來愈凝重的態度，也不能說是自然。哲郎反而是要求自己，不能隨著病程改變態度。即使癌症從三期變成四期，病患看到的世界也不會因此而不同。

風鈴聲再次響起，坂崎被鈴聲吸引似地坐了起來。

「不過熱成這樣，醫生出門看診也很辛苦，一定很累吧？」

「孩子的爸，你那是什麼話？」

芽衣子立刻插口，她的手輕快地將蕨餅送入口中。看來這位太太也喜愛甜食。

「別把醫生跟咱們這些老人家相提並論，沒禮貌！醫生又不是老頭子老太婆。」

「話是這麼說，但醫生也不是年輕小夥子了。人只要過了四十歲，體力就會一下子衰退。對吧，醫生？」

「我三十八。」哲郎低聲道：「還不到四十。」

夫妻倆忍不住面面相覷。

「請別介意，我常被人誤會。」

哲郎笑著輕搔頭髮，裡頭摻雜了不少白絲。遠遠看不會留意到，只要近看就會發現白頭髮很多。他從唸醫學院時就少年白，也因為如此，從以前就十分顯老。

哲郎對此並不以為意，從事這個行業，外貌比實際年紀成熟，並不是壞事，因此他很少刻意糾正誤會。

「哎呀……」芽衣子有些不知所措。

哲郎出診包裡的手機突然響了，他接起電話，確認了來意，簡短地回答幾句後，便掛掉電話。

「醫院找醫生嗎？」

「我得回去了，不好意思！」

哲郎說著，不急不徐地站了起來。

「兩星期後我會再來，如果有任何問題，請隨時連絡居家護理師。開始出現疼痛的話，千萬不要忍耐，護理師隨時都能連繫到我。」

交代完，哲郎把出診包夾到腋下，躬身行了個禮，並在芽衣子目送下，於玄關脫掉白袍塞進出診包。

一走出戶外，烈日立刻迎面射來，他把手遮在額頭上仰望，南方天際安穩地聳立著積雨雲。

「就快下雷陣雨了嗎？」

哲郎悠哉地喃喃道，心中想的卻不是午後驟雨，而是坂崎的病情。

停止抗癌藥物治療已經過了幾個月，坂崎明顯食欲下降，人一下子瘦了一大圈。直截了當地說，他很難撐過這個夏天。

張望一看，對面人家的屋簷下，一名老人戴著草帽坐在長凳上，嘴裡叼著菸看著路上行人。雖然不曾交談過，但每次他像這樣辭別坂崎家時，老人都會板著臉抬起右手致意。

近旁的木板圍牆下，迎接花期的半夏生*，鮮艷的綠白身影搖曳生姿。潔白的葉子與可愛的小花，和老人毫不矯飾的態度相映成趣，令人莞爾。

哲郎向老人頷首，將出診包塞進停在圍牆前面的自行車車籃內，接著跨上自行車，使勁踩下踏板。

雄町哲郎是在洛中*上班的內科醫師，並非土生土長的京都人。

他出生在東京，大學也是東京的醫學院畢業，在經過一段迂迴曲折，於六年前搬到了京都。

＊注：半夏生，是七十二候（二十四節氣各有三候）之一，屬夏至三候，為七月二日至七月六日。半夏生在日本同時也是植物名，即台灣的「三白草」。三白草到了半夏生的花季，頂端綠葉會轉為白色，故得此名。

＊注：京都在過去稱為「平安京」，是仿傚中國唐代洛陽城而建，故簡稱為「洛」。洛中即為京都市區。

三十後半，是從醫職涯開始邁入巔峰的時期，但哲郎任職的地點，則是京都市區的小型地方醫院，而非忙於鑽研尖端專業醫療或指導後進的醫學中心。

哲郎辭別坂崎家，踩著自行車騎在正面通*上，烈日毫不留情地直射坡道，經過了鴨川，穿過複雜的巷弄。

京都的夏季熾熱無比，儘管三面有鴨川、桂川和宇治川等河流，也許是受盆地地形影響，濕氣與熱氣始終盤踞不去，導致這塊土地的夏季遠遠談不上風雅情趣，就只是熱到教人喘不過氣。

哲郎就在如此暑熱逼人的街道上，大汗涔涔地踩著自行車前進。經過格外寬闊的五條大道後，再過去的小路名也都很古雅，像是高辻、松原、萬壽寺等等。

黑黝的木格子民宅間興建起時髦的設計師公寓，宏偉的傳統日式大宅旁，則聳立著嶄新的商業大樓。有木門掛著短簾的佛具行、玻璃牆的咖啡廳、灰泥牆的味噌鋪、紅磚房的藥行。

各種時代的產物鬆散地同居在一起，這就是京都獨樹一格的景致。

很快就看到〈原田醫院〉的老招牌。被聊備一格的停車場圍繞的粗獷五樓鋼筋建築物，不必要地向四周圍散發出壓迫感。這裡就是哲郎的職場，標榜專精消化器官疾病的醫院，且擁有四十八床的小規模病房，在這年頭頗為罕見。

哲郎繞到後門，把自行車停到職員停車場，接著從近旁的通行門踩上龜裂的三道石階，進入冷氣開放的院內。

正要走上前方樓梯的壯碩白袍醫生，聞聲回過頭來。

「噢，阿町，你這麼快就回來了？」

朗聲這麼說的，是外科醫師鍋島治。

外科醫師鍋島同時也是院長，十分資深，雖然已經五十五左右了，但健碩的體格完全讓人感覺不出他的年紀。

＊注：正面通，是京都市的一條東西向街道，從大和大路通的方廣寺延伸至千本通。由於此街道正對通往方廣寺大佛殿的正面，而得其名。

「不好意思，在你外出看診時把你叫回來。」

「沒事。中將醫生在電話裡說，有吐血的病患送過來……？」

「是後面超市的客人。好像突然倒地吐血，附近的其他客人嚇了一跳，把人送來這裡，現在在急診那邊躺著。」

「生命徵象如何？」

多虧了室內冷氣，額頭的汗水逐漸收住了。哲郎從皮包裡抓出白袍穿上，行政人員從櫃台走出來，幫忙接過他手中的出診包。

「血壓九十上下，送來的時候意識不清。剛剛打了點滴，漸漸清醒中。出血量好像很大，已跟血庫叫血。」

「是胃潰瘍嗎？」

「只是個酒鬼啦！」

右邊的門乍然打開，一名嬌小的女醫師探頭出來說道。她是鍋島的後輩，外科醫師中將亞矢，比哲郎年長，不過哲郎也不清楚她到底幾歲。

那道門內就是急診，隔著中將亞麻色的短髮，看得到護理師們正忙得不可開交。

「好像大白天就喝醉酒。有黃疸，身上也有微妙的阿摩尼亞味，八成是酒精性肝硬化，而且拖很久了。」

中將說著，用拇指比了比背後。

「也就是 varix 破裂*嗎？」

「沒錯，所以才會打電話給你。盡快動內視鏡手術比較好，再拖下去，八成就要翹辮子了。」

中將以俐落的口吻說了可怕的話。

嬌小的中將就算和不算高大的哲郎相比，也矮了一顆頭；和健碩的鍋島站在一起，身高差距更是明顯，幾乎顯得弱不禁風。然則她在臨床方面的洞察力和行動力，完全不遜於前輩外科醫師，反倒是豪不客氣的態度，更顯犀利。

＊注：食道靜脈瘤（Esophageal varix，複數為 varices），是指食道內的靜脈因壓力上升而異常擴張的狀態。

食道靜脈瘤破裂，是肝硬化病患常見的併發症，會突然引發大出血，十分危險。就像中將說的，有許多病人因此狀況急遽惡化並死亡。若平時定期就醫追蹤，還能採取預防破裂的措施，但有不少病患都肝硬化了卻不看醫生，繼續喝酒，吐血倒地了才被送醫。

總之，內視鏡手術的話，就是消化內科醫師哲郎的專業了。

「阿町，後續可以交給你嗎？我接下來要跟院長去樓上做切膽*。」

「今天是手術日呢！交給我吧！」

「那麻煩你了。」中將揮了揮手。

「好啦，亞矢，咱們去動手術吧！」

站樓梯中間的院長，對她出聲喊道。

「院長，我跟你說過，這年頭直呼職場後輩的名字，有性騷擾之嫌。」

「知道啦！走吧，大將！」

「中將啦！不要隨便給人升級。」

兩名外科醫師不知所云地打諢著，一起走上樓。

原田醫院規模不算大，但一樓有門診和內視鏡室，二樓還有一間能夠進行全身麻醉的手術室。

雖說是小醫院，還是會從附近的大學醫院請來兼職的麻醉科醫師，除了膽石和疝氣以外，有時也會進行胃癌和大腸癌等大手術。

哲郎目送兩名外科醫師離開，直接前往急診室，看見就像中將說的，推床上躺著一名因黃疸和吐血而渾身黃紅二色的中年男子。

「病患辻新次郎，七十二歲，男性。」

門診護理長土田勇走過來說道。他年約四十五歲，身形富態，在原田醫院任職已久。本人很介意一年比一年圓滾的腹部，那宛如布袋福神的肚腩，愈胖愈顯福氣。

＊注：切膽，指膽囊切除術，主要是治療膽囊疾病，像是膽結石、膽囊炎等。

鍋島說遇上緊急狀況時，土田的圓肚子具有安定人心的絕妙效果，當然本人並不同意。

「對了，病患沒有健保，他的錢包裡有過期的駕照，我們用駕照查到的。」

土田以目光指示旁邊的推床，繼續說明。

散發光澤的不鏽鋼推床上，點滴瓶和抽血工具的旁邊，擺著像是病患物品的錢包和泛黃的駕照。

就像土田說的，駕照多年前便已經過期，褪色的照片雖然勉強能辨識出似乎是病患本人，卻是很久以前的照片了。再看看駕照背面，有住址變更記錄，但也是好幾年前的，不確定是否為現居住址。

「其他就沒什麼像樣的東西了，錢包裡也只剩下兩千圓左右，還有柏青哥店的集點卡而已。」

不愧是身經百戰的門診護理長，這點程度的狀況不會讓他驚慌失措。在市內小醫院的急診，這並非什麼罕見的景象。

「光是知道姓名和生日就算走運了。」土田說。

「是啊！個人資訊也算夠了，不夠的是血壓。」

哲郎測量病患的脈博，同時看著監視器螢幕。收縮壓只有九十上下，相當危險。

他望向病床，身穿髒兮兮T恤的男子，鬍鬚周邊沾滿了黏稠的赤黑色血液。

「辻先生，你聽得到嗎？」

「……嗯……聽得到。」辻回應的聲音還很茫然，似乎仍無法理解狀況。「怎麼一直有人跑來……現在又是怎樣……」

「這裡是醫院，原田醫院。」

「剛才也有人這樣說……你是醫生嗎？」

辻似乎終於注意到哲郎身上的白袍，眨了眨眼。

「辻先生，你好像在店裡買東西時突然昏倒了。」

「昏倒了？」

「聽說是附近的客人把你送來的。」

「真的嗎……」

對話期間，哲郎手眼並用為病患診察。

檢查結膜，觸摸腹部和腳部；有黃疸和貧血，腹部顯示出腹水的波動感，腳背出現明顯的浮腫。確實就像中將說的，已是嚴重的肝硬化了。

「哇！」辻猛然怪叫一聲，他這才發現自己的右手沾滿了鮮血。「這是怎麼搞的？怎麼紅通通的？」

「請不要起來，你吐血了。」

「凸寫？」辻睜圓了眼睛。

他的每一個反應都缺乏緊張感，也許是因為醉意還沒有退的關係。

哲郎操作一旁的筆電，快速叫出血檢結果，那滿江紅的數值，證實了身體檢查的結果。連腹部電腦斷層掃描都拍好了，中將的動作實在俐落。

哲郎快速移動滑鼠，查看腹腔內的影像。

「原來如此，胃裡也都是血……」

「什麼凸寫啊，醫生？」

「是吐血，從嘴巴裡吐出血來……血紅素只剩下七，吐了不少喔！」

「吐了不少？這些紅通通的，全都是我吐的血嗎？」

「是啊！至少不是我吐的。」

雖然一點都不好笑，但哲郎也並非想在這種狀況下安撫病患，他只是專注在電腦掃描影像隨口漫應而已。

「這表示辻先生需要輸血，並緊急接受內視鏡手術。」

土田立即插入對話。

「內視鏡？」

「也就是緊急做胃鏡，可以嗎？」

「胃鏡？為什麼？」

「你有可能胃部或食道正在出血，必須做內視鏡找到出血的位置，進行止血。」

哲郎從螢幕抬起頭，解釋道。

「喔！可是……」辻的額頭擠出皺紋，吶吶地說：「我沒有錢吔！沒關係嗎？」

「錢啊……」哲郎喃喃道，回看向土田。「唔，沒關係吧！」

「有關係。」土田迅速打斷。「如果經濟方面有困難，我們晚點會請社工協助，所以現在先不用擔心。總之，我們不會因為沒錢，就拒絕治療。」

疾病不會挑選病人，土田的應對也是可圈可點。

忽然間，生理監視器發出尖銳的警報引起注意。「收縮壓八十六」的警報，將急診室原本即將放鬆的氛圍一掃而空。

「先再加一條點滴，開到最大。」

哲郎快速指示，護理師們立刻行動。

「血一送到就立刻輸血，如果在那之前血壓繼續下降，就拿緊急用的O型血，跳過交叉試驗直接輸血。內視鏡室準備好了嗎？」

「好了。」

「保險起見，把S-B tube＊也先準備好。」

「瞭解。」

「我先去換衣服，有狀況叫我。」

哲郎沉穩地下達指令後，正轉身要走，辻的聲音叫住了他。

「醫生，我很危險嗎……？」

或許是終於理解到自己的狀況岌岌可危，辻的語氣嚴肅了一些。

「說不危險是騙人的……」哲郎右手輕搔著頭髮，回首安慰道：「不過，別擔心，會沒事的。」

他留下與血跡斑斑的現場格格不入的一句話，便直接走出了急診室。

監視器上的血壓依然偏低，警報聲響個不停。即便如此，土田等護理師們仍不慌不忙，各自執行記錄、連絡、裝設點滴等工作。

＊注：S-B tube（食道靜脈球），是用於緊急壓迫止血的醫療器械，主要目的是針對食道或胃靜脈瘤破裂所引起的出血進行控制。

雖然忙碌，卻沒有混亂與焦急，根本之處有著井然有序的氛圍。

「欸，小哥……」

辻以依舊不安的視線，看向土田。

「我叫土田。」

「我的情況很不妙，對吧？剛才那個女醫生也說，我可能會死……」

「沒事的。」

土田的回答清楚明白，辻還是一臉困惑。

「町醫生不會對沒把握的病患說沒事，所以……」土田的視線繼續盯著手邊的電腦螢幕，一會兒，他啪地闔上電腦，轉向辻。「你一定會沒事的。」

不知不覺間，監視器的警報聲停止了。

土田的回應客套也稱不上體貼，卻不知為何讓辻感到極為安心。

「這家醫院好怪……」

「是啊！時常有人這麼說。」

土田的回覆沒有特別的感情，只是那張圓潤的臉頰浮現一抹微笑，旋即消失了。

原田醫院有五名常駐醫師。

儘管有五人，擔任理事長的原田百三已年近七旬，主要負責行政管理業務，幾乎不會出現在第一線。

臨床現場差不多都由四名醫師包辦，而這四名醫師分別是，外科的鍋島治和中將亞矢，以及內科的雄町哲郎及秋鹿淳之介。

這天傍晚，哲郎的ＰＨＳ*接到秋鹿的來電。

『啊！町醫生你在忙，不好意思打擾……』

*注：ＰＨＳ（Personal Handy-phone System，個人手持式電話系統）是日本推出的無線電話，由於電磁波功率較低，不影響醫療設備，因此在日本醫院普遍採用。

時間是傍晚五點多。

哲郎剛做完下午的大腸鏡，正打算去內視鏡室隔壁的會議室休息片刻。

『有個肝病的病患，我想討論一下病情……』

「沒問題，我馬上過去，稍等我一下。」

『不急不急，我在三樓病房，你慢慢來就好。』

哲郎剛掛斷PHS，方才協助做內視鏡的土田，手裡端著盛有茶水和茶點的托盤走了過來。

「醫生還是一樣忙呢！」

「這是好事，就算社會不景氣，看來也不必擔心失業了。」

「不過，醫生上午到府看診，中午被叫回來做辻先生的緊急內視鏡，緊接著又是下午的檢查工作。中間完全沒休息，對吧？有時間歇口氣嗎？」

土田說著，將托盤放到桌上。哲郎稍微探出了上身，定睛一看。

「土田，這不是北野的長五郎餅嗎？」

「是啊！」

「怎麼會有這個？」

「上午我有事去北野白梅町，順道買回來的。」

說話間，哲郎已經不客氣地伸手，拿起潔白的糕點了。

「我是特地為了辛勞的醫生買的，要感謝我喔！」

「當然，多虧有你這位優秀的護理長，今天的檢查才能順利完成。太感謝了！」

哲郎說著，嘴裡一邊嚼著，左手一邊準備要拿起第二顆。

約乒乓球大小的糕點，是北野天滿宮*的知名伴手禮。如雪般潔白的外皮，搭配上甜而不膩的紅豆泥餡，堪稱人間美味。使用嚴選天然原料製作，外皮入口即化，甜餡滋味純淨，造就出難能可貴的逸品。這也是哲郎最愛的糕點之一。

＊注：北野天滿宮，創建於九四七年，位於京都上京區，主祭神為學問之神菅原道真。據說具有學業成就與消災解厄的靈驗，因此吸引眾多參拜者前來。

「不必吃得那麼急，晚點慢慢吃就好。」

「這可是賞味期限只有兩天的名物呢！多放半天，就會減損半天的美味。」

聽到甜食狂熱分子堅定的主張，土田幾乎傻眼。

「醫生不久前不是才吃了病患所送的一乘寺中谷的丁稚羊羹*嗎？不節制一點，血糖會爆炸喔！」

「是啊！等到我肚子跟你一樣大了再來擔心。」

護理長聞言語塞。

哲郎再把一顆長五郎餅放入口中後，站了起來。

秋鹿淳之介是綜合內科醫師，豐盈的爆炸頭和黑框圓眼鏡，十分引人注目。他比哲郎大兩歲，經歷特殊，當了十一年的精神科醫師後才轉到內科。

原田醫院每一名醫師的經歷都相當特別，並非僅秋鹿一人格外特出。

「都傍晚了還麻煩你過來，真是不好意思，町醫生！」

秋鹿搖晃了幾下分量十足的頭髮，對著走進護理站的哲郎行禮說道，接著請他過目房間深處的電子病歷。

「有個讓人滿頭痛的病患。」

「你說是肝功能異常？」

「是的，這幾天狀況突然愈來愈差。」

秋鹿叫出來的數值中，顯示肝功能的部分一片鮮紅。回溯數值，似乎是在這一星期內漸漸惡化。

「這名病患進來住院，原是為了控制糖尿病。我本來以為只是脂肪肝的問題，現在看這樣子……」

「病毒那些都驗過了嗎？」

＊注：位於一乘寺傳承三代的老字號和菓子店，最具代表的，是從江戶時代留傳下來的名物「丁稚羊羹（でっち羊羹）」。其外型是扁平長條狀，用竹葉包著，有紅豆和栗子兩種口味。

「B型C型的肝炎病毒標記都是陰性。我也懷疑是不是藥物影響，把服用的藥物全部暫停，卻也沒有改善。」

「是五十多歲的婦人嗎？那最好也檢查一下自體免疫功能。」

「確實，有道理。」

秋鹿按著圓框眼鏡點了點頭，他比哲郎年長，卻絲毫讓人感覺不出來。

「秋鹿醫生，晚點我再追加血檢。看數字，應該不是需要緊急處理的膽道系統疾病。儘管要留意急性肝炎，不過看這病程，不是會立刻惡化的疾病。」

「聽到町醫生的冷靜分析，就令人感到安心。醫生是我寶貴的情緒鎮定劑啊！」

秋鹿撫摸著長了鬍碴的臉頰，鬆了一口氣似地解除了緊張。

「啊，町醫生！」

倏忽有人出聲叫喊著哲郎，只見一名高個子護理師從HCU*探頭出來，是病房主任五橋美鈴。

「我在等醫生吔！辻先生明天的點滴還沒有指示。」

「我都忘了。緊急內視鏡手術後，辻先生狀況怎麼樣？」

「沒事了。送來病房後，沒有吐血也沒有拉血，血壓也穩定了。」

五橋的回答簡潔不拖泥帶水，她摘下手套丟進垃圾桶，走到哲郎旁邊。耳周到髮稍染成米黃色的鮑伯頭，輕盈地擺動。

「土田護理長說吐了很多血，現在已順利止血。」

「是比想像中吐得更嚴重，但馬上就找到出血點了。這是運氣好。」

「町醫生還是一樣，太厲害了！」秋鹿扶著圓框眼鏡，感嘆地稱讚道：「我看了資料，那名病患是嚴重肝硬化，對吧？連我都看得出來，是很難止血的病例。這要是一般醫生，光是瞧見血小板數字就打退堂鼓了吧！但送到醫生手裡，卻輕鬆得彷彿去做兼差健檢回來一樣。」

＊注：ＨＣＵ（High Care Unit，高度護理治療室），介於ＩＣＵ（加護病房）和普通病房之間，是日本醫院常見的病房分級。

秋鹿那語帶深切的感動發言，讓哲郎不由得笑出來。在一旁的五橋即使沒有插口，感受也和秋鹿很接近。

食道靜脈瘤破裂，顧名思義是血管破裂造成大出血的疾病。有時即使進行內視鏡手術，也會因出血而什麼都看不到，最後患者就這樣失血而亡。

實際上，根據土田的轉述，辻的食道內出血量相當驚人。五橋回想起病人移送病房時，土田所說的話——

「我這個助手嚇得渾身冷汗直冒，動手術的醫生卻一如平常，完全面不改色。我真是丟臉啊！」

關於這名數年前進入原田醫院工作的醫師，五橋這些護理師並不清楚他詳細的經歷，只聽說他以前在大學醫院，做過許多困難的內視鏡手術，技術很高超。

實際上，哲郎曾為負責的病患做過幾次內視鏡大手術，從來沒出過問題，由此可見，並非浪得虛名。

不過，他悠哉巡房的身影，實在讓人聯想不到「神手醫師」的形象。

「能成功止血，真是太好了。」五橋客氣地開口提醒：「可是町醫生，明天的點滴你還沒有指示。」

「啊，對喔！我馬上輸入。」哲郎恍然似地搔著頭髮，並囑咐道：「還有，如果病患平時酗酒，戒斷症狀會是個問題。只要過個兩、三天，就會出現幻覺和幻聽，大吵大鬧，最好準備一下鎮靜劑。」

「鎮靜劑的話，我是專家。」秋鹿把頭往前伸，說道：「我來輸入吧！不好意思只讓町醫生辛苦。」

「體貼是美德。不過，秋鹿醫生的病患，也有一些明天的點滴還沒有指示喔！」

被五橋一提醒，秋鹿惶恐地縮起脖子，回頭看向哲郎。

「我們醫院的護理師都很優秀，真是太好了呢！」

「我同意。」

「還有，」五橋又插口說：「已經六點多了。町醫生還沒有巡房吧？龍之介是不是在等醫生回家？」

「竟然這麼晚了!?」

忽然傳來椅子的碰撞聲，只見哲郎猛的站了起來，一臉驚慌失措，與先前冷靜的模樣判若兩人。

「五橋，我去迅速巡房一圈，看一下病歷，如果還有什麼遺漏的指示，再打電話給我。不好意思，可以幫我也跟四樓病房說一聲嗎？那我先走了。」

說完，哲郎踩著匆忙的腳步聲奔出了走廊。

「明明看到肝功能惡化、靜脈瘤破裂都不動如山。町醫生人也太奇怪了吧！」

秋鹿目送著遠離的白袍背影，喃喃道。

五橋在內心同意，儘管這麼想，眼前這名爆炸頭的內科醫生也夠古怪了。她待過幾家醫院，看過許多特立獨行的醫生，但這家醫院她覺得特別與眾不同。

「總之，醫生也快點輸入點滴，早點下班吧！要是工作到太晚，又要挨院長的罵了。我們好歹也是推動職場工作改革的醫院。」

「啊！我都忘了。不過，我不像町醫生那樣，家裡有人在等他，所以也沒理由急著下班吧！」

「醫生會拖慢我們的工作。」

「也是，我會注意——。」

秋鹿拖著語尾的話聲，消散在病房白色的天花板。

哲郎的住所，位在從三條京阪的十字路口，再往東北邊一些的住宅區，從醫院騎自行車不用半小時。

路上會經過熱鬧的四條河原町附近，他會繞到商店街，買晚餐配飯的熟食。

雖然是平日，人潮仍頗為驚人，這不光是因為這一帶是京都市內最大的鬧區之故，更是因為幾天後，就是以「宵山*」揭開序幕的祇園前祭了。

這一區平時就有許多主婦、學生、帶小孩的父母、下班的上班族等絡繹不絕，現在再加上觀光客，更顯得萬頭鑽頭。

哲郎的自行車穿過河原町，經過鴨川，進入小巷。綴滿燦爛燈飾的街景，搖身一變，成了只有點點路燈的清幽住宅區，而哲郎家就在其中一隅的四層樓公寓一樓。

「你回來了。」

一開門，明亮的招呼聲幾乎同時響起，最近一下子抽高的少年龍之介，拿著鍋鏟走過來迎接他。

「我還以為會晚一點，晚飯還沒好喔！」

「慢慢來，沒關係。我買了特價的炸雞。」

少年的眼睛直盯著旁邊另一個袋子，而非哲郎舉起來的炸雞袋。

「又買甜食了嗎？」

「阿闍梨餅，我也買了你的份。」

自豪地舉起另一袋的哲郎，額頭浮現豆大的汗珠，因為他在本來就燠熱的傍晚時刻，火速騎自行車趕路。

「町醫生，有好吃的我是很開心，可是不用勉強提早下班啦！我已經國一了。」

「才國一而已。讓國一的小孩不必一個人孤單地吃晚飯，是家人重要的職責。」

「就說不用那麼拚了……」

口氣儘管莫名老成，少年的臉頰還是浮現符合年紀的靦腆。

美山龍之介是哲郎的家人，也是唯一的同住者。龍之介並非哲郎的兒子，而是他妹妹美山奈奈的孩子，也就是他的外甥。

以舅舅和外甥這樣的奇妙組合，在不算大的公寓裡展開生活之前，當然也經歷了一段不小的波折、混亂與決定。

妹妹美山奈奈比哲郎小一歲，年紀輕輕就得了絕症。與病魔纏鬥之後，在三年前的冬季離世了。奈奈是單親母親，龍之介才小學生就成了孤兒。

＊注：宵山，是京都祇園祭前幾天的活動，有山鉾（神轎花車）展示、點燈籠等等。

龍之介的親戚就只有舅舅哲郎，沒有其他可以依靠的對象。哲郎的父親早已病死，母親也開始失智，即便病情惡化的速度緩慢，當時已在考慮搬進安養機構，因此也無法投靠。

如此這般，哲郎突然成了少年的收養人。雖然他完全沒有養育小學四年級孩子的自信，但也沒有其他選項。

立下決心那天，哲郎前往任職的洛都大學的醫局，向教授傳達辭職的決定。他認為留在必須從清早忙到深夜的大學醫局，沒辦法好好養育孩子。哲郎當時以指導醫師身分，負責統率年輕醫生，教授當然不可能寬大地同意他的請辭，即便如此，也是無可奈何之事。

辭職後，哲郎靠著門路，找到了原田醫院做為新的職場。他退掉東京的租屋，帶著少年住進京都的公寓。

一開始想當然耳，少年十分沉默寡言。然則即使寡默，卻繼承了母親的韌性，平靜地面對各種現實。隨著時間過去，少年的話多了起來，開始懂得幫忙打掃煮飯，現在已經攬下了全部的家務。課業方面更不馬虎，今年他才剛考上私立中學。

任職於洛都大學時，在醫局共事的前輩花垣辰雄，就曾奚落著單身卻突然有了孩子的哲郎。

「阿町，你逃過了婚姻生活的泥沼，直接養兒防老呢！」

站在哲郎的角度，根本沒有算計那麼多的餘裕。

實際上，花垣就住在附近，偶爾會送晚飯過來給他們，看來他也十分掛心「努力養兒防老的後輩」。

哲郎沖過澡，走出浴室時，餐桌上的晚餐已經快好了。

他坐到椅子上，偷偷咬了口買來的阿闍梨餅。

「就要吃晚飯了吔！」

龍之介冷然地瞅著他，哲郎豎起食指懇求「一顆就好」，幸福地大快朵頤。

模仿高僧斗笠、造型獨特的阿闍梨餅，餅皮厚實，卻十分柔軟；隨著咀嚼，保留顆粒的紅豆餡，豐富的甘甜在口中滿溢而出，風味與甜味濃郁，餘味卻清爽高雅。這是哲郎最喜歡的糕點之一。

「龍之介，學校適應得怎麼樣？」

「別擔心，我也漸漸習慣搭電車上學了。有幾個朋友也搭同一條阪急線，我們在討論暑假要一起去補習班上暑期加強課。」

少年穿著圍裙炒蔬菜的模樣，愈來愈像一回事，在中學的成績似乎也很優異。他長得跟妹妹奈奈很像，膚色白皙，眼神明亮。

哲郎毫無脈絡地擔心起來。他在學校是不是很受女生歡迎？

「可是龍之介，你讀的是完全中學。去上暑期加強班是不錯，但既然不用考高中，不光是唸書，也要好好玩樂。」

「要是那麼悠哉，會考不上醫學系的。」

隨著翻炒聲一同傳來的「醫學系」三個字，讓哲郎忍不住語塞。他輕輕搔了搔交雜著白絲的頭髮，望向少年的背影。

「你想當醫生嗎？」

「我是這麼打算。不行嗎？」

「也不是不行……可是為什麼……」

「花垣醫生跟我說過，要是町醫生繼續留在大學，可能早就超越他，當上教授了。我讓這麼優秀的醫生收養我，當然得好好報恩才行。」

「那個可惡的副教授……」

哲郎忍不住咒罵。

花垣並沒有惡意，只不過有時候實在有些不負責任之嫌。

哲郎為了龍之介而離職是事實，不過這與孩子的人生，完全是兩個不同的問題；至少哲郎是這麼想的。

龍之介端來炒蔬菜和炸雞的盤子。

「龍之介，你聽好，」哲郎抓住他肩，鄭重地聲明道：「我確實是為了收養你，而辭掉大學醫院的工作。因為這樣，我的人生規劃出現了變化，這也是事實。但這對我是否為一種損失，又是另一個不同的問題。」

「是不同的問題嗎？」

「當然不同。」哲郎吞掉剩下的阿闍梨餅，接著說：「因為換到現在的醫院，我得到了許多新的體驗，完全不後悔。」

「可是如果町醫生繼續留在大學做研究，一定能出人頭地，爬得更高吧？」

「確實，頭銜或許會變得更好聽……」哲郎用食指抵著額頭，頓了一拍，繼續說：「不過我也想過，要是那樣，你的人生會變得如何？」

「我嗎？」

這突如其來的問題，讓龍之介無法回應。

「龍之介，你不要誤會。我說這話，並不是在施恩於你。而是在自問，那個時候，我真的有辦法丟下舉目無親的你，快樂逍遙地去過自己的人生嗎？」

「這……」

「答案十分簡單。你飽嚐辛酸，我卻視而不見地幸福過日子，這樣的世界在我的心中是不成立的。讓你在歡笑中成長，對我來說是非常重要的一件事。我是根據自己這樣的哲學，而收養你的。」

哲郎稍微放慢了語調，回視眼前的外甥。

「不管是地位、名聲還是財富，光是有這些，都無法讓一個人幸福。人這種生物，是無法獨自一個人得到幸福的。」

哲郎說完，龍之介依舊以嚴肅的眼神看著眼前舅舅。

「也就是說，就算我的人生和原本的預定有些差異，也沒道理必須由你來填補，成為醫生。」

哲郎溫和地微笑。

「是，我明白……」

「你也不用勉強全部明白。」哲郎用力搔了搔龍之介的頭髮，看向餐桌上的佳肴。「肚子餓的時候，不該聊這麼難的事。快趁熱一起吃，你費心準備的晚餐吧！」

「好。」龍之介回答，拿起筷子說：「我開動了」。

看著眼前原本孤獨的少年，成長到現在大方直率的模樣，哲郎內心感到無比欣慰。對舅舅偶爾掛在嘴上的小道理，也真誠聆聽的神情，甚至讓他覺得這個外甥實在太過懂事了。

另一方面，兩人都一起生活了兩年又七個月，龍之介卻依然稱呼自己這個同住的家人為「町醫生」。這樣是自然的嗎？哲郎不禁如此煩惱。

哲郎將目光從大口扒飯的少年身上，轉到立放在窗邊的小相框。相框裡和少年肖似的白淨女子，正露出笑容。女子旁邊站著剛成為實習醫師、一襲白袍的哲郎。對於開心比出V字手勢的妹妹，哥哥一臉困惑。

那是妹妹說為了慶祝，特地要哲郎換上白袍所拍下的照片。

妳也真是留下了一個大課題給我啊……！哲郎把近似牢騷的這句話，收進內心深處，拿起了筷子。

原田醫院的早晨，從一名老人的澆水活動開始。

早上六點半，理事長原田百三從隔壁的瓦頂住家提著大花灑，慢悠悠地現身。

今年六十八歲的原田，原本做為內科醫師是醫院業務的核心，由於年事已高，現在安居於理事長的位置，主要處理醫院的經營業務，負責與行政人員開會等等。

原田個子不高，加上有些駝背，看起來比實際年齡更老，但走起路來速度飛快。他無聲無息地迅速來到醫院前面，從花圃旁邊的水龍頭接滿花灑，開始澆水。

春天有錦葵、秋天有桔梗和鳳仙花盛開的花圃，現在則有一串紅和鳶尾等色彩濃艷的夏季花朵搖曳生姿。

花上三十分鐘，充分為點綴玄關的細長花圃澆完水之後，繞到後門時已七點了。每天這個時間，分秒不差，外科的鍋島會騎著他的愛車重機，來到後方的停車場。

BMW的K1600GTL是六缸的大型重機，原本不是拿來通勤騎乘使用的，這是適合百公里單位長程旅行的機車。對鍋島來說，卻是比手術刀和鉗子更親近的搭檔，是早晚通勤的心愛代步工具。由於動力巨大，總是在清晨的停車場製造出震動丹田的轟隆引擎聲。這位外科醫師雖然會為了病患不辭辛勞，對於噪音可能造成的擾鄰問題，目前是完全不放在心上。

ＢＭＷ抵達約十五分鐘後，一輛擁有美麗流線造型的跑車開了進來，是中將亞矢駕駛的 Aston Martin。這輛來自英國的豪華車款，緊貼在先到的ＢＭＷ旁邊停下來。又過了十五分鐘，七點半，秋鹿開的鮮紅色 Alfa Romeo 停到英國車旁，比鍋島的重機更小的動力發出獨特的引擎聲。

醫院後方的醫師停車場，頓時宛如進口車展示場。

就在這當中，哲郎在八點前悠哉地騎著自行車來到了停車場，經過威懾逼人的三輛進口車前面，他騎進裡面的自行車停車場。當停好車子時，剛好會遇到澆完水去附近散步回來的老理事長。

「嗨，早啊！」

原田會以沙啞的聲音打招呼，哲郎也會寒暄回禮，然後再前往會議室，參加早上八點開始的例會。

「町醫生，你也差不多該買輛車了吧？」有一次土田這麼說。

「為什麼？」哲郎露出奇妙的表情，不解地歪頭問。

對哲郎來說，要在道路狹窄、車流量大的京都市內活動，沒有比自行車更方便的工具了。不怕塞車，還能穿梭在車子開不進去的巷弄，燃料費也只需自己的體力。

哲郎的這番意見完全合理，但土田所說的是不同於道理的層次，因此這話題便成了雞同鴨講。

就這樣，四名常駐醫師出勤的景象，成了醫院的一點小特色。

這樣的四人，會在星期一早晨，齊聚於醫院五樓的第一會議室召開例會。

五樓主要是理事長室和事務局等行政部門的樓層，臨床醫師也只有開例會時才會來到這裡。第一會議室有張皮革椅圍繞的大圓桌，十分寬闊，窗景和日照都非常好；簡而言之，是院內的黃金地段，有時攸關醫院未來的重大議題，也會在這裡討論。

然而，星期一的例會前，卻彌漫著自甘墮落的氣氛。

中將邊打哈欠邊啃著CalorieMate＊營養能量棒，秋鹿默默地打手遊，哲郎則是在京都INODA COFFEE的阿拉伯珍珠咖啡裡放入滿滿的砂糖，幸福地品嚐著。

如果不是大家都穿著白袍，肯定不會有人想到這裡是醫院。而這副景象，也在鍋島進來的那一刻搖身一變。

「來吧！這星期的預定。」

隨著鍋島渾厚的一聲，氣氛瞬間切換，眾人確認當週的外科手術、內視鏡手術，並交流住院病患及到府看診病患的病情等資訊。

「這星期目前有三台手術，膽囊切除兩台、疝氣一台。」

中將把右腿疊到左腿上，悠然地說道。

「膽囊切除是在重症胰臟炎之後，要是沾黏太嚴重，會換成開腹手術。上星期動刀的病患，大致上都恢復良好，沒有發生問題。」

「很好。」

「內視鏡這星期只有三台瘜肉切除手術。但是……」哲郎停頓了一下，立刻接著說：「到府看診的病患裡，胃癌的坂崎先生進食已相當困難了。停止化療後過了半年，嚴重消瘦，現在連起身都很勉強。上星期出診時，我觀察到輕微的黃疸。」

「看來很難撐過這個夏天了。」

鍋島看著哲郎顯示在正前方螢幕的資料，皺起眉頭說。

「他是一年前發現胃癌四期的，對吧？從門診換成到府看診已四個月，算是撐得夠久了呢！」

中將交換交疊的雙腿說道。

由於是到府看診，雖然有血檢數據，卻無法進行電腦斷層等影像檢查。儘管沒有能判斷病患腹腔內狀況的具體資料，在醫師們的腦中，幾乎能描繪出相同的景象——癌細胞已破壞胃壁，開始擴散到外面，肝臟轉移也擴大，膽管一定也快要堵塞了。

＊注：Calorie Mate，為日本大塚製藥的產品，主要以低卡能量棒等形式提供均衡營養。可作為早餐、零食或運動時的補充，方便又健康。

「家人的情況怎麼樣？」

秋鹿的問題，正確掌握了到府看診的要點。在家照護癌末病患，家人的協助與穩定的精神狀態，是絕對不可或缺的。

「坂崎先生和太太兩個人住，太太算是柔軟地接受狀況，目前沒有極端驚慌失措的樣子。」

「畢竟已經一年多了。」

「病患接下來應該會因疼痛和噁心而愈來愈難受，但本人依然希望在家休養。」

對於主治醫師的報告，沒有人特別提出意見。

「還有沒有什麼問題？有沒有狀況不穩定的病患？」

鍋島說著，環顧會議室。

「病房有兩個末期病患。從生命徵象來看，這星期就會離開了，都是安寧善終的患者。」

「發展都在預期內呢！還有沒有其他需要討論的病例，或是有問題的病例？」

聞言，三名醫師都搖搖頭。

「那，這星期大家也好好加油吧！」

鍋島的這聲激勵，開啟了原田醫院的一週。

這是傍晚的三樓病房。

白色的房間病床上，嬌小的老婦人恭敬地行禮。

「不好意思麻煩您了，醫生。」她致謝道。

當做完下午的內視鏡時，病房護理師前來通知，有病患的呼吸狀況從中午過後就逐漸惡化。

病床上戴著氧氣鼻管的患者矢野菊江，雖已高齡九十，卻沒有失智。嬌小的菊江直到一星期前，都在佛光寺附近的住家一個人獨居，是鄰居發現她倒臥家中，送到醫院來。到院時檢查出右肺有細菌性肺炎，但經過幾天的抗生素治療後，發炎的狀況已經逐漸改善。

「菊江女士，妳是從什麼時候開始覺得不舒服的？」

哲郎一邊詢問，一邊用聽診器檢查。

「我不覺得有什麼不舒服啊！可是護士小姐好像非常擔心……」

菊江溫吞的語調一如平常。

她雖不常出門，一直以來也都能自立生活，不過現下她的臉色看起來有點差。

哲郎向趕來的護理師確認生命徵象，發現到昨天都很正常的血氧濃度，今天卻緩慢下降了。

「即使病患本人說沒有不適……」

報告的護理師也顯得有些困惑。

哲郎現場再檢查了一下，血氧濃度監視器的數值只有89％，相當危險。

「菊江女士，妳說妳沒有不舒服，但妳今天沒吃飯，對吧？」

哲郎慢慢地坐到菊江的病床上。

「是啊！好像有點沒食欲呢！」

「今天晚餐有妳喜歡的西瓜喔！可是妳不太想吃，是嗎？」

哲郎的眼睛瞥向放在邊几上的晚餐，配膳之後應該已經過了一段時間，菊江好像不太想吃，筷子也放在原位沒有動過。

「或許老頭子差不多要來接我了。」

「沒那麼快啦！妳先生一定正在另一個世界逍遙自在。」

「要是那樣就好了。我們已經十年沒見了，或許他正覺得寂寞呢！我也差不多得去陪陪他了。」

菊江眼角擠出細紋這麼說。

兩人對話期間，護理師量了體溫，遞出體溫計，36.2度沒有發燒；胸腔無不正常的聲音，痰音也很輕微。

聽診出這些後，哲郎望向菊江的腳，頓時定住了；有些渾圓的兩腳乍看之下很正常，哲郎卻眼尖地看出不尋常。

「有浮腫呢！」

「有嗎？看起來很正常啊！」

聽到哲郎的話，護理師歪著頭說。

「看上去很正常，但她的腳原本就是細到脛骨都浮出來了。」

看起來正常，在這名病患身上就是不正常。

在診療高齡長者時，這是常有的事。

「應該是心臟衰竭。先照個X光和心電圖確定一下，然後準備呋塞米*半瓶。」

哲郎平淡地下達指示，護理師立刻奔出病房。

「我應該吃飯比較好嗎？醫生。」

「不，菊江女士，也不用勉強。人嘛，有些時候也會不想吃飯。只是，妳先生應該還沒有要來接妳喔！」

「那太遺憾了。醫生，我都已經老成這樣了，你還是要治療我嗎？」

「我的方針是，只要人還能動，就要盡全力治療。」

「要是不能動了呢？」

「到時候……」哲郎想了一下，笑道：「就靜靜地等妳先生來接吧！」

語調柔和，內容卻頗為嚇人。

菊江聽了反倒安心地點了點頭。

待護理師回來，哲郎對她下達注射、點滴以及測量尿量的指示後，便離開了病房。他回頭瞄了一眼四人病房，看見和菊江一樣的高齡病患。

誤嚥性肺炎、泌尿道感染、中風……雖說是消化器官醫院，由於是地方小醫院，也不能只收專門領域的病患，而且住院的病患有一半都是當地的高齡長者。

「等妳先生來接嗎……？」

這樣回答是否正確，哲郎自己也不清楚。他所知道的，只有在這個領域，沒有所有的人都滿意的正確解答。

任職於大學醫院時，首要的考量就是該如何治療眼前的疾病。在切除癌腫、清除

＊注：呋塞米（furosemide），用於治療因心臟衰竭、肝硬化或腎病變引起的水腫，也可用於治療高血壓。

結石的時候，會針對使用的工具種類和策略等等，進行各種討論。不過追根究柢，都只是方法論而已。

現在哲郎面對的醫療，不是在問「怎麼做」，而是在問「這麼做對不對」。

對於無法進食的病患，要施行點滴到什麼程度？對於癌末病患，該說些什麼才好？假設失智病患身上發現了癌細胞，應該要動手術嗎？還是順其自然？

這其中並沒有治療、康復、出院如此簡單明瞭的過程。

切除胃癌的醫療處置，或許更要單純多了……。哲郎也有自知之明，這淡淡的感慨幾乎就只是牢騷。

既然醫療就是面對生命，那麼不管是大學醫院還是原田醫院，環境都不可能單純且容易。

哲郎感嘆地搔著頭髮，這時口袋裡的PHS響了，是醫院櫃台的女職員打來的。

『町醫生，有客人找你。』

「客人？」哲郎納悶，立刻想到訪客是誰，苦笑起來。「我馬上過去。」

他簡短地回應後，往前走去。

醫院一樓的內視鏡室隔壁，有一間小會議室。雖然無法和五樓的第一會議室相提並論，但除了幾台電腦、開會用的壁掛式螢幕以外，還有桌椅等等，可以用來緊急討論急診收到的重症病例。

事實上，醫師們聚集在這裡的機會並不多，平時這裡是哲郎用來小憩的地點，有時也做為接待訪客的會客室。

哲郎一走進會議室，正看向窗外的高䠷西裝男子回過頭來。

「嘿，阿町，辛苦了。」

訪客是洛都大學的副教授花垣辰雄，他稱頭地穿著夏意十足的縹藍色兩件式西裝，沒有打領帶。乍看之下像一位幹練的實業家，其實是如假包換、在醫療最前線活躍的頂尖消化內科醫師。

親和力十足的笑容和瀟灑的衣著，證明了花垣不僅是一名出色的醫師，也是卓越的談判與交際人才。

「花垣學長總是剛好挑我工作的空檔過來呢！」

「在大學吃了那麼多苦，自然看得出學弟是在忙碌工作，還是正閒得發慌。」

「是是是。」

哲郎馬耳東風地聽過，請花垣在旁邊的椅子坐下。

花垣比哲郎大兩歲，兩人曾在大學醫院共事三年。花垣兼具精準的診斷力和高超的內視鏡技術，並富有柔軟的交際手段，不但在國內嶄露頭角，在海外的消化器官相關學界也備受矚目。他已經爬到了副教授的位置，未來仍大有可為。

由於這樣的身分，花垣自己也是個大忙人。他說是出來散步，順道過來原田醫院看看，這顯然是客套話。他要來訪的日子，都會先偷偷打電話給醫院櫃台，確認哲郎的工作大概幾點會結束。

「就算對方是大學醫院的大教授，毫不設防地洩漏院內個資，問題很大吧！」

哲郎一邊笑著揶揄道，一邊用房間裡的電熱水壺為花垣沖咖啡，當然是INODA COFFEE的阿拉伯珍珠咖啡。

「學長今天怎麼會來？」

「天吹之前的論文順利通過審核了，我來通知你一聲。」

花垣接著輕描淡寫地說出刊登論文的期刊名稱，是相當有影響力的國際期刊。

「那篇論文你之前提供了許多建議，還幫忙做了多變量分析，找出獨立變數。」

「我記得。」

「你怎麼看起來沒什麼興趣？」

「也不是沒興趣，只是我已經離開大學了，外人不好隨便指教吧！而且天吹的論文，本來骨幹就夠紮實。」

天吹祥平是哲郎任職大學醫院時指導的年輕醫師之一，現在或許已經爬到中堅以上的位置了。

「天吹說，要是町醫生還留在醫局的話，就可以挑戰更多的病例，研究一定也會大有進展。」

「堂堂洛都大學人才應有盡有，也不用再來跟我說這些吧！」

「你真的認為應有盡有？」

哲郎端著咖啡杯走回來，對上花垣意外凌厲的目光。他停下了腳步，低下頭把杯子擺到花垣前面，花垣立刻拿起杯子啜了一口。

「好燙！」他窩囊地驚呼一聲，接著抹著嘴唇繼續說：「確實，醫局是有幾個還算聰明的。具備優秀的醫師資質，兼具耐心與洞察力，同時又要擁有行動力和醫德，確實是難得一見。」

「就算找遍全日本，這樣的醫生也是鳳毛麟角吧！」

「倒也不一定，只要認真尋找，還是不少，畢竟我眼前就有一個。」

花垣犀利地說。

哲郎不為所動，他面不改色，端起自己的杯子喝了一口。

「謝謝學長這麼賞識我，但客觀來說，這是過譽了。」

「我可不這麼認為。」花垣滿不在乎地打斷說：「上個月在神戶的內視鏡學會，你的問題不是激起了會場熱烈的討論嗎？就連一向對你刻薄的西島，都對你當時一針見血的指摘佩服不已。」

「又聽到懷念的名字了。西島好嗎？」

「那傢伙本來就很難搞，少了雄町哲郎這個剋星，他四月升上講師後，更是囂張跋扈了。雖說他也是有他的可愛之處啦！」

「西島也不知不覺升講師了……」

哲郎感慨良多地喃喃道，又喝了口咖啡。

在大學醫局共事的醫師們的相貌掠過記憶，從資深到菜鳥，形形色色的醫局成員當中，西島基次郎是讓他印象格外深刻的醫師之一。西島小哲郎一屆，在醫局裡也是出類拔萃的優秀人才，不過虛榮心極強，對於年齡相近的哲郎，總是毫不掩飾自己的競爭意識。

這些記憶對現在的哲郎來說，也僅是往昔的回憶了。如今哲郎的身分，就只是站在偶爾出席的學會會場一隅，沾沾最先進醫療的餘光而已。

「兩個月後的九月底，我要在波士頓進行內視鏡的實況指導，這是個大舞台。」

花垣突如其來的話，把哲郎拉回了現實，他端著咖啡杯，看向醫師學長。

「在波士頓實況指導？」

「對，是美國內視鏡學會邀請的。」

對於這個消息，哲郎也難掩驚喜。

「太厲害了！花垣學長要擔任內視鏡的主刀嗎？」

「主刀當然是我，可是我需要一位可以信賴的第一助手，一個能跟得上我的處置的行家。」

儘管是意料之外的發展，但花垣言外之意，不言自明。

過去在大學醫院，當花垣負責困難的病例時，總是由哲郎擔任他的第一助手。換句話說，花垣特地來訪，就是為了此事。

緊握咖啡杯的副教授眼中，同時並存著可親的學長和背負醫局未來的野心家。

哲郎沒有回答。

「龍之介已經是國中生了吧？」花垣話鋒一轉。

「才國中生而已。」哲郎靜靜地回應。

「就算沒什麼生活能力的舅舅去美國幾天，他也能自理吧？」

「龍之介是這樣沒錯，只是這並不構成我答應的理由。」

哲郎謹慎到家。

「你現在這種狀態，是醫療界的重大損失啊！真是……既然如此，直接叫原田醫生還是鍋島院長把你開除還比較快。」

花垣大大地嘆了一口氣。

「再次謝謝學長的肯定，但這樣只是在抬高標準吧！」哲郎聳了聳肩，輕笑道：「比起這件事，請讓我在能幫上學長的部分努力吧！如果大學醫院有末期或臥床、無處可去的病患，隨時都可以送到這裡來。大學醫院的病床有限，要照顧這類病人很辛苦，我們會盡量支援。」

「過去在全世界活躍的一流內視鏡醫師，現在居然在為臥床的病患送終。」

「這份工作比想像中要辛苦得多。視情況，或許比內視鏡手術更棘手。」

「我並不認為這份工作輕鬆。可是啊……」

「這份工作很重要。我們以前治療的病患，最後不是也都會走上這條路嗎？」

「話說得也太直接了。」

花垣咂了一下舌頭，他一邊站起來，一邊從皮包中取出一疊裝在透明資料夾的紙張，放到桌上。

「你看一下吧！」

「新的論文嗎？」

哲郎拿起那疊紙，掃視了一下填滿紙面的英文，微微皺眉。

「病例數很多呢！而且花垣學長是第一作者。」

第一作者是列在第一位的論文作者。一般來說，爬到花垣這樣的地位，就必須指導許多醫局員，因此花垣自身多半都把名字列在論文研究者最後，做為負責人。
「洛都大學的副教授擔任第一作者，表示這篇論文是認真的？」
「對，是認真的。」
聽到花垣接著說出的投稿期刊名，連哲郎都不禁瞠目結舌，那是數一數二的世界級醫療期刊。
「還需要一些病例，所以要再花上一點時間。不過，我希望你能先看一下。」
「看來學長名片上副教授的『副』字，意外地很快就可以拿掉了。」
「對，我也這麼認為。」花垣理所當然地回答，接著話風一轉。「但我也明白過程相當不容易。總之你看一下，有什麼想法，就指教一下吧，醫局長！」
「是『前』醫局長。」哲郎訂正說道。
花垣一笑置之，站著喝掉剩下的咖啡。
「對了，鴨川旁邊好像有家好吃的西餐廳。以前只做晚餐時段的全餐，聽說最近推出午餐了。下次要不要帶龍之介一起去？」

「好啊！我奉陪，龍之介也會很開心。他莫名地很喜歡未來的大教授呢！不過，請學長不要灌輸他一些奇怪的觀念，他比學長想的還要純真。」

「就是純真又有潛力，我才會時時關照他啊！要是變成像『前醫局長』那樣過分豁達超然，也不是件好事。」

花垣輕舉右手示意後，轉身離開，當經過門診前面時，花垣隨和地慰勞了女職員幾句。被高眺明朗的副教授打招呼，年輕職員們都紅著臉行禮。

看這樣子，只要花垣一通電話，職員們肯定會把院內機密全部拱手奉送出去。

「醫局長啊……」

哲郎悄悄嘆了口氣，看著手上的論文。

哲郎第一次遇到花垣，是在美國東岸的港都波士頓。

當時哲郎還隸屬於東京的東東大學，剛從那裡過來留學。東東大學的消化內科，是引領日本消化器官疾病領域的實力派醫局之一。哲郎在那裡磨練技術，年紀尚輕，卻已逐步累積起實績。

哲郎憑藉著高超的內視鏡技術和冷靜的判斷力，完成多項高難度的內視鏡手術。他淡然地將成果發表在學會上，搭配超乎年齡的沉穩，逐漸在學會打響了名號。

就是這樣的時期──

「要不要一起做內視鏡手術？」

在大霧迷漫、連日陰天的異國港都，野心勃勃的學長，沉靜地向正值少壯的學弟提出邀約，地點就在地下鐵車站附近的漢堡店。

花垣的臉頰浮現笑意，眼神卻嚴肅無比。

「你這樣的醫師待在東東大學太可惜了。當然東東大學也是頂尖大學之一，不過你上頭有太多幹部、高層，升遷之路有限吧？」

「沒辦法升遷也無所謂，我也不是想要超越上頭的醫生們。」哲郎狼吞虎嚥地吃著美國尺寸的雙層起司堡。「不只是我一個人如此，對現在的年輕人而言，地位和名聲並沒有多大的吸引力。」

「你說的有一半是事實，有一半是謊言呢！」

學長的回應十分巧妙，哲郎聞言不由得停止咀嚼，望向對方。

「我也不認為你是以教授或校長為目標的雄心壯志野心家，不過你應該想要在工作上盡情發揮所長。既然要做，就要做出一流的成果。」花垣露出霸氣十足的笑容，繼續說：「就算你沒有野心，也有傲氣，對吧？」

這話十分耐人尋味，哲郎從未像這樣明確地意識過，感覺花垣的話似乎點出了某些事實——爬上教授的位置，從來不在他的考量之中；眼前的病患，永遠才是他的第一考量。

大學醫局年長的醫師們，經常任意混淆其中的差異，眼前的男子卻理所當然地形諸話語點出來，對他造成了不小的衝擊。

哲郎對著一臉打趣、等待回應的花垣，緩緩地點了點頭。

花垣先行回國，一年後哲郎返國，把東東大學剩餘的工作告一段落之後，便搬到了京都。那是距今六年前的事了。

對哲郎來說，接下來的幾年充滿了前所未有的活力，在繁忙的日子裡，個別的記憶也變得模糊。

每當想要回想那段時日，哲郎的腦中最後總是會唐突地冒出，東京冬日蔚藍深邃的晴空，以及立於蒼穹下一名少年的背影——那是妹妹的葬禮結束那天，美山龍之介站在殯儀館的屋頂上，靜靜地仰望天空的身影。

星期日上午的醫局，充斥著忙碌的噠噠聲響。

聲響之間，夾雜著氣勢十足的吶喊聲：「波動拳！」、「音速爆擊！」

在東向窗戶射入夏季陽光的醫局裡，秋鹿正手握搖桿，面對著電視螢幕。只見接上遊戲機的電視機畫面裡，穿著白色道服的空手道家與金髮軍人一下左一下右，彼此出招互毆。

「值班辛苦了，秋鹿醫生。」

剛好走進醫局的哲郎招呼道，他拿起牆邊的熱水壺沖即溶咖啡，望向電視。

「嗨，早啊！町醫生。」

爆炸頭前精神科醫師正使出華麗的連續技，以超然的聲音回應。

爆炸頭、白袍、電視遊樂器，所有的一切都格格不入，宛如天馬行空的拼布作品。然而在原田醫院，這也是日常景象。

「那不是快打旋風嗎？」

「的確是快打旋風。以前的經典老遊戲，現在可以從遊戲檔案館下載來玩，變得好方便喔！」

秋鹿操作的空手道家，在畫面上接連使出正拳和迴旋踢，操作者的語氣卻一如平常，十分悠哉。

「町醫生也知道快打旋風呀？」

「國中時我混過電子遊樂場。」

「第一次聽說吔！可是現在連電子遊樂場都漸漸絕跡了，真令人寂寞。不過，可以用帶來醫局的最新主機玩快打旋風，這個時代真是不錯。」

〔ＹＯＵ ＷＩＮ〕

聲音突然響起，螢幕冒出大字，秋鹿推起滑落的圓框眼鏡。

由於是假日，醫局沒有其他人。

原田醫院的醫局，是名為「綜合醫局」的大房間，備有冰箱和熱水壺及大型電視，與三個小房間相連。小房間各別擺放兩張醫師辦公桌，分別為外科的鍋島及中將、內科的哲郎與秋鹿，以及兼職醫師的辦公室。當遇到假日時，這裡就只有一名值班醫師。

像原田醫院這樣的小醫院，假日幾乎不會有急診病患。不過有病房，所以院內需要醫師待命。只要住院病患病情穩定，大多時候，醫師都可以享受自己的嗜好，自由打發時間。

這也反映出醫師的勤務，現在依然以值日、值班為主的血汗一面，不像護理師是日夜班的輪班制。若是運氣不好，同時遇到病患病情驟變，或是有緊急病患，連續忙上整整兩天都無法好好睡覺，也是司空見慣。

秋鹿像是發現什麼似地回過頭。

「町醫生怎麼這麼一大早就跑來？今天是我負責巡病房吔！」

「到府看診病患有點狀況。」

哲郎端起杯子回應。

「是居家護理師連絡你嗎？」

秋鹿同情地皺眉問道。

「坂崎先生的病況愈來愈不樂觀了，他痛得很厲害，太太也開始感到疲憊。」

「大限快到了嗎……」

「我增加了吩坦尼的量，或許能稍微減輕疼痛的程度。」

哲郎說著，看向窗外。

從二樓的醫局，隔著一條馬路，可以看見民宅和大樓。清早的些許涼意早已散去，對面的瓦頂在直射陽光烘烤下，反射出燦白的光線。

為了換氣而稍微打開的窗戶，乘著風隱約傳來弦樂器的旋律，是馬路對面的三味線教室的聲音。餘光瞧見底下有一名年輕的和服女子，走進了白色的灰泥建築物。

「今年的死神似乎相當勤奮，好像不肯放過坂崎先生。」

哲郎有些牢騷地嘟囔道，秋鹿輕微地點頭同意。

這天黎明時分，哲郎接到居家護理師打來的電話。

坂崎痛得太厲害，照顧的妻子芽衣子看不下去，打電話去居家護理站。

哲郎在天亮時前往坂崎家診療，坂崎正為了浪濤般一波波襲來的噁心和突然發作的癌性疼痛而渾身冷汗。

「這太難熬了，醫生。」

坂崎好不容易擠出聲音，乾燥的嘴唇蒼白無血色，眉間的皺紋浮現豆大的汗珠。

「我差不多該走了，可以幫我增加藥量嗎？」

坂崎勉強這麼說，話中充滿了迫切，甚至帶著某種悲鳴。

哲郎望向坐在一旁的妻子，芽衣子憔悴不堪，只是一臉茫然。不管是與病魔搏鬥的人，還是陪伴的人，都瀕臨極限了。

人死這件事非同小可。從生到死的過渡，無論如何都必須翻越痛苦的山谷。雖然也有例外，但大部分皆是如此。

在醫學發達的現今，止痛和抑制噁心的藥物有許多選擇。如果無法服藥，還有點滴；無法注射點滴的話，還有貼片。然則「只要好好運用藥物，就能輕鬆走完最後一段」的想法，依然只是幻想。病患對藥物的反應千差萬別，總是遠不及醫師的預期。

哲郎甚至遇過出於好意而增加嗎啡的量，結果病患一下子就停止了呼吸。因為增加藥量而導致病患發生不測的情況，不只是醫療人員，也經常讓留下的家屬感到後悔與自責。

因此在這當下，哲郎沒有立刻答應。縱使已經有了模糊的結論，他還是刻意保留，在內心吟味、取捨、選擇，反覆謹慎地思量、摸索之後，確定最後走到的地方，和最初的結論是一樣的。

「……我會增加藥量。」

哲郎看著坂崎的眼睛，靜靜地說。

坂崎點了點頭，彷彿鬆了一口氣，他將顫抖的臉轉向妻子，擠出微笑。

僅是一個微小的動作，卻宛如黑暗中綻放的煙火般鮮烈。這道煙火之中，灌注了無盡的感情。

芽衣子的雙眼登時盈滿了淚水，很快地以豐腴的雙手掩住了臉。

「醫療真是困難啊！」

秋鹿的聲音再次在醫局響起。

「有時候我會忍不住陷入迷惘，自己到底是在做什麼……？」

就像要蓋過〈波動拳！〉的喊聲，秋鹿繼續說道。

醫局的大螢幕４Ｋ電視機，實在難說適合用來打四分之一個世紀以前的老遊戲，反而更加突顯了在畫面中奔跑跳躍的空手家道，其像素粒子有多粗糙。每當畫面盛大發光，秋鹿的眼鏡鏡片就會反光閃爍。

「我們看診的病患，多半都沒有『痊癒』這個終點。我們只是在陪伴癌末和老衰的病患而已。說到底，如果寫死亡診斷書就是終點，確實如此。是沒有頒獎台，也沒有歡呼聲的終點。」

波動拳！波動拳！連續使出的必殺技，卻被金髮的敵方角色以絕妙的時機跳躍閃過，撲上來攻擊。一時疏忽，讓情勢瞬間逆轉了。

「聽說，町醫生以前在大學醫院做過很多胃癌和大腸癌手術。那一定能看到充滿成就感的結局，也見過許多康復出院的病患吧？可是，你居然能在我們這樣的醫院，默默做下去。」

「我當然也有我的苦惱，有時候甚至覺得比在大學醫院時更辛苦。」哲郎看著被逼到畫面角落，窮途末路的空手道家，接著說：「不過，進來這裡工作，也有讓我覺得慶幸的地方。」

「慶幸的地方？」

「回想大學醫院那時候，我發現對於治療的腫瘤形狀、顏色等都記得一清二楚，卻幾乎不記得患者的長相。我自以為很認真地在從事醫療，但或許根本沒有仔細看過治療的對象。在這裡的工作之後，讓我能好好地面對每一個患者。」

秋鹿沒有應話，幾乎是無機質地操作搖桿。

「終點是死亡診斷書，這確實令人悲傷；但不記得病人長相的醫生，我覺得也相當可悲。」

「原來如此，町醫生果然是我的情緒鎮定劑。跟醫生說話，就能讓自己感到無比平靜。」秋鹿稍微頓了一下，接著說：「不過，能看見病患，也就是同理病患的感受。同理對心靈來說，是相當辛苦的重活。尤其是對悲傷與痛苦共鳴時，必須非常小心。一旦過度同理，有時會讓心的容器出現龜裂。僅是龜裂的話，就只是掉眼淚而已；萬一破裂，便難以恢復原狀了。在精神科的世界裡，被定義為『發病』。」

這是精神科醫師，也就是心靈治療專家的深刻發言。

「為了避免發病，人會從事休閒娛樂，就像我沉迷於快打旋風和魔法氣泡一樣。只是休閒娛樂無法解決一切，所以當覺得累壞了，適時關掉手機電源也很重要。」

「我會銘記在心的。當關掉手機時，感覺秋鹿醫生會替我到府看診。」

哲郎笑著回答。

「這點小事不算什麼。」

畫面上乍然跳出大大的︹YOU LOSE︺，空手道家倒在畫面中央。

秋鹿「嗚……」地呻吟著，捶了捶肩膀後，轉頭看過來。

「町醫生現在有空嗎？」

「我等一下要去補習班接龍之介……」哲郎看向壁鐘，現在是十點半。「其實，我本來以為到府看診會花更久的時間，所以拜託中將醫生幫我接龍之介。只要在這裡等，十一點半左右，勤奮的外甥就會被送過來。」

「原來如此，那樣的話……」秋鹿說著，拿起桌上另一支搖桿。「要不要偶爾陪我休閒一下？」

「跟我對打嗎？」

「不管是輸是贏，都不會有人受傷，也不會有病患過世。認真一較高下固然重要，不必負責任的戰鬥，也是很爽快的。」

秋鹿一本正經地說，哲郎笑著拿起搖桿。

上完補習班暑期加強課的龍之介，讓中將亞矢開車送到醫院時，太陽正火熱地升至中天。

龍之介從醫院後門走上二樓的醫局，只見兩名內科醫師正在冷氣大開的室內，沉迷於古老的格鬥遊戲。

「啊！你回來了，龍之介。」

哲郎沒有回頭，對著背後說道，手指拚命按著按鈕，但自己所操作的紅色道服角色，下一秒就被踢飛到畫面角落去了。

「町醫生，到府看診沒問題嗎？」龍之介問。

「比預定提前結束了。」

「原來町醫生也會打快打旋風啊！」

「我得聲明，這可是你出生前的遊戲。我讀國中時，也是會去電子遊樂場的。」

「可是……好像被打得滿慘的……」

龍之介話聲未落，紅色空手道家便發出〈哇〉的慘叫聲被擊倒了。

「確實，這種水準的話，龍之介打得還比較好。」

秋鹿的評論也毫不留情。

龍之介剛搬來京都時，經常在醫局等哲郎下班。儘管沒有大學醫院那麼忙，還是會有一定的頻率會遇到，突然需要到府看診或住院病患出現的狀況。由於不能把還是小學生且才剛到陌生地方的龍之介丟在家裡，哲郎有時會把他帶到醫局來。

這種時候，秋鹿總是會陪著龍之介打電動，即便秋鹿本人的說法是：「是我叫龍之介陪我玩的。」不只是秋鹿，鍋島也會帶龍之介去吃晚飯，而中將幫忙接送龍之介去補習班，也是當時留下的習慣。

「龍之介，我聽町醫生說了，你打算從國一的暑假就去補習？」

「是英文的暑期加強班，只有三天而已。」

「這怎麼行呢？」

第二回合一開始，秋鹿便以殘酷的連續技攻擊四處逃躲的哲郎。

「也不打電動，跑去上暑期班，這不是一個健康的國中生該做的事。」秋鹿滿不在乎地說下去。「我身為前精神科醫師，必須提出建議，你現在需要的不是唸書，而是打電動，或是約會。」

「啊——！」哲郎發出窩囊的聲音，被打得落花流水，他嘆息著搔搔頭，回過頭看向龍之介。「順利上完課了吧？中將醫生有好好去接你嗎？」

「中將醫生是有去接我……」龍之介欲言又止。

「怎麼了嗎？」哲郎一臉訝異。

「與其請中將醫生開那麼豪華的車來接我，我自己回家還比較好，搭地鐵也沒那麼麻煩……」

中將亞矢的愛車，是招搖到不行的銀色Aston Martin，那是V8引擎的超高級敞篷車。而且駕駛是個子雖小，卻極為搶眼的中將亞矢。臉上掛著自信十足笑容的女子，抬起墨鏡，從敞篷車的駕駛座揮手的模樣，在補習班前不可能不引起矚目。男生都拿起手機拍攝英國進口跑車，女生則是對亞麻色頭髮的女子和紅著臉的龍之介這對組合好奇萬分。

「太引人注目了，感覺很怪。」

「引人注目並不是什麼奇怪的事。要是做了壞事，引發議論才是不好。不過，你只是在暑假去上補習班而已。」

龍之介知道，舅舅乍看之下聰明過人，也會教導他許多事，然則遇上這類問題，卻顯得遲鈍且狀況外得離譜，就算反駁他也沒有意義。

「對了，町醫生，差不多該走了吧？不是跟花垣醫生約好了嗎？」

龍之介催促道。

哲郎連忙看時鐘。

「糟了，要遲到了！秋鹿醫生，謝謝你。」

「不客氣，病房那裡交給我吧！」秋鹿眼睛盯著電視螢幕，揮了揮手，接著又補了句：「下次再陪我娛樂一下囉！」

哲郎對著秋鹿白袍的背影行了個禮，便和龍之介一起離開了醫局。

「下次要不要帶龍之介一起去？」

上星期這麼邀約午餐的花垣，兩天前具體指定了餐廳。

「在先斗町吃午餐？」

聽到在鴨川旁邊的西餐廳在先斗町，哲郎忍不住反問。

「這是時代的趨勢啊！」

花垣說完，道出了餐廳的地點和時間。

哲郎和龍之介離開醫院後，走在散發熱氣的柏油路上，先是來到了鴨川河邊，再轉往北上。

這是考量到與其走在市內的人群中，通風的河岸應該會涼爽一些，只是沒有遮蔭的地方還是很熱。即使熱成這樣，也趕不跑鴨川岸邊名聞遐邇的情侶檔們。

沒多久，從河岸的小石階進入先斗町一帶，這裡都是窄仄的石板路，雖然適合徒步，車子要開進去還是相當勉強。

路旁是成排黑黝的格子門和灰泥牆的老舊民宅，隨風擺動的短簾、繪有字號的屋簷下燈具增添了情趣。

風景乍看之下色彩單調，然則格子門窗另一頭或短簾下，插著菖蒲花或紫斑風鈴草，在不經意間令路人們眼睛一亮。

「這條路好有趣。」龍之介說。

「這裡以前是風月場所，不是小孩子能涉足的地方。最近白天營業的店愈來愈多，氣氛似乎也改變了不少。不過，還不是你晚上該光顧的地方。」

哲郎環顧著周圍，說道。

先斗町原本是高級煙花柳巷，過去在白天是看不到營業時掛出來的短簾，木門也都緊閉，冷清到讓人懷疑店是都倒光了嗎？一旦入夜以後，便會搖身一變，燈火通明，身穿西裝與和服的紅男綠女往來路上，熱鬧哄哄。

這樣的落差，就是這一帶的特色。到了最近，白天營業的店家變多，狹小的土地裡也有連鎖店加入，氛圍轉變不少。

花垣指定的餐廳，是一家屋簷掛著鐵製燈籠的精緻西餐廳。門面並不寬敞，當走進略顯昏暗的店內，竟是不可思議的深邃空間，窗邊並排著桌子，戶外進入的光線經過絕妙的調節。

「辛苦了，醫局長。」

花垣舉起右手，招呼道。

「不好意思讓未來的教授久等了。」

哲郎說著，望向坐在花垣旁邊的中年紳士。紳士的下巴蓄著漆黑的鬍鬚，短袖襯衫打著保羅領帶，他回應哲郎的視線，起身行了個禮。

「這位是醫療雜誌的編輯，葛城先生。」

「敝姓葛城。雄町醫生，幸會。」

悠然行禮後掏出的名片上，除了葛城憲這個名字外，還有「《專業名醫》編輯部副總編」的頭銜。一股淡淡的甜香飄來，哲郎猜出對方應是個雅好菸斗或雪茄的老派癮君子。

「《專業名醫》雜誌嗎？我聽說過。」

「我們是以醫師和醫學生為讀者群的醫療雜誌。雖然不是什麼大出版社，但以正確且高品質的資訊為賣點。」

葛城以溫文儒雅的態度自我介紹。

「他是來採訪我的。好像搶先一步打聽到，我準備要在波士頓進行內視鏡實況指導的事，打算做個專題報導。」

「也就是說，媒體對這件事也相當關注呢！」

「沒那麼厲害啦！葛城先生從我年輕時就認識了，過去也報導過我的論文，算是特別關照我。」

「這不是特別關照。」葛城溫和地打斷說：「我是欣賞花垣辰雄這個人。」

這種話很容易讓人聽了飄飄然，但葛城說得相當自然，既不卑躬屈膝，也沒有刻意討好的樣子。

「我算是花垣醫生的粉絲，十分期待看到醫生能達到什麼樣的成就。」

「有粉絲是很令人感恩，若欣賞我的是美麗的女編輯，我會更有幹勁。」

「抱歉，我只是個粗漢子，我會努力為醫生的報導添光。」

在場面話裡穿插無傷大雅的幽默，這完全是資深編輯才能做出的應答，而輕鬆帶過的副教授也相當豪爽。

哲郎介紹同行的外甥後，便在對面坐了下來。

服務生不知不覺來到桌邊，開始為眾人倒水。

「不過，還跟到和學弟的飯局來，這場採訪非常貼身呢！」

「我有跟他說，希望今天可以迴避一下啦……」

花垣剛說完，葛城黑鬍子裡的嘴唇便露出微笑。

「是我強硬要求的。雄町醫生是花垣醫生讚譽有加的醫生，十分乾脆地離開了大學醫院，支撐著樸實無華的當地醫療。我在其中嗅到耐人尋味的故事氣味，這也是做我這一行的人的直覺吧！」

葛城以少年般率真的眼神，看著哲郎解釋道。那眼神毫不客氣，連在一旁看著的龍之介都忍不住有些不知所措，哲郎卻只是頷首回應。

很快地，除了龍之介以外的三人，杯裡已斟入香檳，前菜上桌，為頗為豪華的午餐揭開序幕。像是侍酒師的男子說著「花香調」、「成熟的果實與鮮明的酸味」等餐點說明，龍之介只覺得就像在聽外國話。

「想想花垣學長的作風，我還以為會選擇『床』。」

哲郎望去的方向，是窗外沿著鴨川並排、稱為「床」的陽台式空間。突出河岸的木製陽台，是此地夏季特有的景致，現在也有許多觀光客在那裡用餐。

「『床』也不錯，但擁有空調的現代社會，並不是適合在炎炎夏日當作用餐的地方。那裡不僅無法乘涼，還熱得很。」

「我想也是。」

輕鬆談話間，花垣一下子就喝光了香檳。

前菜之後送上桌的奶油麵包是剛出爐的，龍之介只是稍微用指頭一剝，就鬆軟地撕開來了。

「對了，我們醫局員裡面有個非常熱心的年輕後進，十分聰明，資質也很不錯，說還想要更進一步鑽研內視鏡專業。我可以把那個醫生派去原田醫院實習嗎？」

花垣一邊愉快地看著少年讚嘆的模樣，一邊乍然問道。

「來我這裡嗎？」

「你不樂意嗎？」

「問題不是我的意願，而是病例數目。原田醫院幾乎沒有緊急內視鏡手術，不管是ESD＊還是ERCP＊，一星期都不曉得有沒有一台。待在大學，可以學到更多吧？」

「我就是想讓那名後進，看看那難得的一台手術。」

花垣簡短地說，他的話具有獨特的引力。連在一旁默默聽著的龍之介，都覺得那話帶有微妙的壓迫感。

哲郎平靜地搖了搖頭。

「饒了我吧！我沒有什麼可以教的。大學不是有西島和天吹嗎？要是把人送來我這裡，讓年輕醫生失望，會砸了學長的面子的。」

「我也很想這麼說，但我親眼看過你的內視鏡手術，無法跟人家撒謊。」

「又在誇大其詞……」

哲郎露出傻眼的表情

「這表示你的表現就是留下了這麼深刻的印象。」花垣態度悠哉地說：「到現在都還有其他科的醫生在問：『雄町醫生到底去哪裡了？』醫局裡也有醫生，想要向你請益內視鏡呢！」

「若是被教授知道，可就不得了了。」

「沒錯。」花垣一臉略顯苦澀，向一旁的服務生點了紅酒。「畢竟你可是惹得那位寡言的飛良泉教授發飆的傢伙。」

「惹教授發飆？」葛城插口。

「沒錯，這傢伙身為實戰部隊的隊長，率領著醫局，卻在某天突然提出離職，讓教授暴跳如雷。」

「我只是……」哲郎輕輕搔頭苦笑。「為了養育孩子而調整了工作與生活的平衡罷了，沒想到教授會氣成那樣，結果我到現在都被禁止踏入大學醫局。」

「教授對你的期待就是這麼大啊！」

「原來如此。」

葛城無傷大雅地應道。

＊注：ESD（內視鏡黏膜剝離術），用於治療早期消化道癌變、消化道癌前病變或黏膜下腫瘤。

＊注：ERCP（經內視鏡逆行性膽胰管造影術）是一種結合內視鏡和X光技術的檢查和治療方式。主要用於診斷和治療膽道和胰管系統的問題，如膽結石、狹窄、腫瘤等。

一旁的花垣拿起斟了紅酒的杯子，稍微抿了一口，向服務生點點頭。

龍之介緊張得全身僵硬，注視著花垣一連串行雲流水的動作。

「好了，也不能一直聊這些無聊事。今天是要讓只顧著唸書、身心俱疲的龍之介來放鬆心情的。」

「太感謝了，以後也請繼續邀他。」

「當然，我得好好拉著他，免得他受到我行我素的監護人奇怪的影響。從這個意義來說，你也得好好地拿出優秀醫生的榜樣來啊！」

說到什麼叫優秀的醫生，並沒有一體適用的答案。

這一點哲郎和花垣都很清楚，以花垣的地位，顯然必須扛起遠比一般醫師更多、更沉重的壓力與責任。

最先端的醫療現場，一旦獲得成功，便會集讚賞及矚目於一身，開拓輝煌前程；然而只要失敗，立刻就會成為眾矢之的，弄個不好，甚至可能吃上官司，身敗名裂，葬送大好人生。就是這樣的世界。

相對地，身在民間的哲郎，看到的現場也不輕鬆，他形同在沒有答案的地方面對死亡。一言以蔽之，就是一片混沌。

葛城用沉靜的眼神，注視著學長與學弟難以捉摸的對話。他雖然關注，卻並非靜止不動，而是自然地動著刀叉，宛如化成背景的一部分，抹去自己的存在，只在必要的時候浮現出來，然後又再次退居幕後。嫻熟的聆聽者或許就是這樣。

「唔，我其實不知道什麼才是對的……」哲郎說著，拿起奶油麵包。「不過我對龍之介的期望，與其說是希望他成為一名優秀的醫師，更希望他成為一個值得尊敬的大人。」

突然成為焦點的龍之介，忍不住挺直了背。

「值得尊敬的大人嗎？」

「是啊！除了醫師以外，世上還有很多能夠助人的職業，從政或是成為科學家也都很好。醫師可以救助眼前的人命，但無法遏止地球暖化，也沒辦法為世界帶來和平。」哲郎看著手上的麵包，頓了一下，接著說：「如果從政，就可以制定保護環境的法律；成為科學家的話，或許能夠預測大地震，拯救許多人。」

「可是……」龍之介語帶迷惘地說：「我並不想從政……感覺政治人物都在做一些壞事。」

少年提出像是少年會有的反駁。

就在此時，主菜的白色餐盤送上桌來了。

「那是這個國家特有的問題。在別的國家，小孩子將來的夢想，第一名是從政的情況並不少，而我也認為那樣才健全。這個國家也並非從以前就全是不像話的政客，只是現在的政治人物，每一個眼界都愈來愈淺薄。與其說是政治的問題，我認為更是媒體水準、國民知性的問題。報紙和雜誌上，不是充斥著否定、攻擊的言論嗎？只要是正常人，都不會想要踏入動輒得咎、只會招來批評責難的圈子。」

難得地長篇大論一番後，哲郎短促地「啊」了一聲，看向葛城。

先前都宛如融入牆壁、銷聲匿跡的葛城，倏然又回到了桌前。

「請別介意我。您這番意見非常有意思，宏觀且精闢，這可不是場面話喔！」

在場的葛城就形同媒體代表，帶著微笑大方地回應，他分切主菜的漢堡排，慢慢地送入口中。「這話或許不該由我來說，不過這真是太美味了。請趁熱吃吧！」

午餐的主菜，是淋上多蜜醬的小顆球狀漢堡。剛才送餐的服務生，說明使用的是百分之百和牛肉，以及有機栽培的洋蔥。

「確實美味。」

哲郎吃了一口，感動地呻吟。

尺寸精巧的漢堡排，調味意外地清淡，食材的風味卻令人驚艷。在肉類料理中能品嚐到香氣並感到美味，對哲郎而言也是新鮮的體驗。

葛城開心地點點頭，旁邊的花垣也滿意地動著叉子。

「對了，這家店我是第一次來，其實是葛城先生推薦的。」

「原來是這樣？」

「下次我再介紹別家名店。」葛城以餐巾擦拭嘴巴，眼睛浮現微笑。「明明住在京都，卻只固定去一家餐廳，實在太可惜了。」

搭配新鮮水果的餐後冰淇淋甜點上桌時，哲郎的手機低調地吸引主人的注意。他拿著手機離席，約過一分鐘後走了回來，臉上掛著苦笑。

「星期天的午餐時間，被醫院召喚嗎？」

「有位末期病人，剛才呼吸停止了。」

雖是與午餐格格不入的內容，哲郎淡然的口吻似乎推開了浮現的感傷。

「今早才剛增加吩坦尼的劑量，本來還以為可以再撐一段時間，但人算總是不如天算。我去給病人送終。」

「真的假的？」

花垣忍不住喃喃道。

哲郎沒理他，詢問龍之介能不能自己回家。從這裡到三條京阪的自家，龍之介一個人也能走路回去。

「醫局長，要幫你叫計程車嗎？」

「我先回醫院，再騎自行車過去，那樣比較快。」

「順帶問一下，那名病人是非要醫局長中斷午餐趕過去的對象嗎？」

「先不論需不需要醫局長趕過去，總還是要有人過去，而且需要一個有醫師頭銜的人說聲：『辛苦了！』」

哲郎也向葛城頷首，接著與立侍一旁的服務生道謝，轉身離開餐廳。

一連串的動作十分平靜，完全看不出正要去見證一個人死亡的沉重或嚴肅。

「你的監護人真的很怪。」花垣說完，將目光從哲郎離開的門口移到龍之介身上。「他建議外甥從事可以拯救許多人的大事業，自己卻去為一個病人送終。」

語氣雖然傻眼，但並非輕蔑，而是帶著一抹親暱，這部分也反映了花垣的為人。

「我說真的，要是他願意回來大學，再也沒有比他更可靠的生力軍了，可惜感覺很難說動他。」

「看來是呢！」葛城低聲應道。桌上已經送上咖啡了，他以湯匙緩慢地攪拌著杯中的咖啡，接著說：「我可以理解為何花垣醫生對他的評價如此之高，那位醫生很特別。聽他說話，與其說他是臨床醫生，感覺更像個思想大師……」

「你這話或許意外地一針見血喔！」花垣一邊用湯匙舀起奶精，一邊說：「他以前在大學醫局時，辦公桌上沒幾本醫學書，倒是堆著許多深奧的哲學書。」

「哲學書？」

「到底是哪些書……？啊！康德、柏拉圖、休謨、史賓諾莎……至少看起來不像醫生的辦公桌。」

「這樣的書單還真是不尋常，而且範圍非常廣。」

「這麼說來，葛城先生你是哲學系畢業的？」

「沒錯，我在唸書時，也廣泛涉獵了不少書籍。當然，柏拉圖和康德是基本，不過史賓諾莎就很有意思了。」

葛城說著，望向明亮的窗外，像是在遙想過去。

龍之介就像被吸引一樣，側耳聆聽搖晃咖啡杯品香的葛城的話。

「史賓諾莎是個很奇妙的人，他在不算長的人生當中，完成了留名青史的大作，卻因為著作思想過於前衛，畢生飽受抨擊與迫害。最終並未躋身哲學主流，好像直到過世前一刻，仍手不輟筆。坐在民宅的角落，從事著研磨鏡片的工作。」

「研磨鏡片？」花垣訝異地問。

「研磨鏡片是需要高度技術及專注力的行家活，不是可以輕鬆做好的工作。」葛城點點頭，繼續說：「據說史賓諾莎研磨出來的鏡片，通透明亮，完美無缺。」

匡噹一聲，有新的客人推開了店門，一對氣質優雅的老夫妻走了進來。

葛城在眼角擠出皺紋，眼神溫柔地看向龍之介。

「那位醫生或許也能磨出好鏡片呢！」

對龍之介來說，這句話並不好理解，卻讓他想要回答：「沒錯！」

花垣一動不動，注視著門口好半晌。

這天中午過後，坂崎幸雄過世了。

哲郎抵達坂崎家時，坂崎已沒了心跳，從居家護理站趕來的護理師陪伴著他。

一如往常的被褥當中，躺著一如往常的坂崎。可能是因為增加了藥量，表情遠比對抗病魔時安詳了許多。生命消逝後的臉頰，看起來還是比今早所見更加凹陷，讓人再次驚覺原來他竟如此削瘦。

哲郎要做的事情並不多，他只需要為已不再開口的病患，進行最後的診察，確定死亡時間即可。

「謝謝醫生長期以來的照顧。」

妻子芽衣子沒有失態哭喊，僅是默默地拭淚，雙手併攏扶在榻榻米上。她的聲音微微顫抖，仍不失堅強。

這是陪伴一條生命直到最後，並為他送行的人才有的風範吧！

「多虧了醫生，我那口子才能如願以償在家裡離開。」

「是多虧了太太。要是沒有太太的照護和陪伴，不管我們再怎麼努力，都無法讓他像這樣上路。」

哲郎旁邊的護理師，聞言也不停地點頭。

「醫生要不要吃一些冰點再回去？雖然家裡沒什麼像樣的東西。」

芽衣子像平常那樣提議，但哲郎婉拒了。

接下來他交給護理師，便走出坂崎家，令人喘不過氣的熱浪頓時籠罩上來。對面人家的屋簷下，和前些日子沒什麼不同的半夏生，在乾燥的夏風中搖曳。

這樣就好了嗎……？哲郎不會如此自問。

是好是壞，說到底就只是結果論。若是從結果反思，就可以看出誤判的地方，以及力有未逮之處。換言之，除了完美的醫療以外，一切醫療都有或大或小的錯誤。反省與驗證當然很重要，但那完全是生者的事，悼慰不了死者。

哲郎重新轉向門口，行了個禮。辛苦了！這是唯一該對啟程之人說的話。

哲郎抬頭，轉身背對坂崎家，剛好對面人家的木門打開，戴著麥桿帽彎腰駝背的老人正走了出來。是他每次來看診時，總是板著臉抬起一手招呼的鄰居。雖然已有多面之緣，卻從來沒有交談過。

這名老人是聽到了什麼消息嗎？他注意到哲郎，轉過身正對，接著摘下麥桿帽深深行了個禮。他腳邊的半夏生也在風中微微擺動，彷彿配合著老人一起低頭。

一連串的景象，自然得彷彿完全透明。哲郎也跟著停下腳步，恭敬地回了禮。

抬頭一看，眼前是一如往常的日常。石板地面升起蜃影，天空蔚藍晴朗，站著不動，令人汗水直流的暑氣直逼而來。

哲郎跨上自行車，像平常那樣慢慢地往前騎去。

夏季漸入佳境，北方群山很快地就要亮起送火*了。

＊注：送火，京都在八月十六日盂蘭盆節期間，會舉辦五山送火儀式。當天會在五座山點火排列成不同的文字及圖案，將盂蘭盆節期間歸來的祖先靈魂送回彼岸。

第二話

五山

「血壓一七〇？那不是剛剛好嗎？醫生。」

鳥居善五郎渾厚的嗓音，在哲郎的診間裡迴響著。

時間是中午過後，人滿為患的上午門診，好不容易進入尾聲的階段。

「醫生，我不是老說嗎？我啊，血壓比一八〇低一點點，狀況最好。」

鳥居以大掌拍著診療桌，用彷彿要讓候診室其他病患聽見的大嗓門，發表自己那套理論。

鳥居為了控制高血壓，定期來院看診已經好幾年了。他的體格壯碩，看上去一點都不像七十五歲，嗓音渾厚，胸膛也十分厚實。以前是當地建設公司的董事，威嚴十足，在八月的酷暑中，仍體面地穿著一看就很高檔的西裝外套。

在冷氣調得較弱的診間裡，鳥居不時嫌熱地拿扇子搧脖子，不禁讓人想像他往年叱吒風雲的董事派頭。

「可是，鳥居先生，」哲郎不為所動，對方的主張他已聽到耳朵長繭。「還是再增加一點藥量比較好。」

鳥居長年為了高血壓來院，血壓總是超過一六〇，甚至超出一八〇的情況也不少見。哲郎提議加強治療，鳥居卻總是堅持維持現狀。

「醫生，你聽好了，」鳥居說著，猛地朝哲郎探出上半身。「就像每個人長得不一樣，身材不一樣，血壓也是百百種。有些人或許血壓低一點比較好，但不是所有人都得這樣。我不曉得醫生說的那些標準有多權威，可是說什麼血壓超過一三五，不管是京都人、大阪人還是奈良的鄉巴佬，都一樣算是高血壓，這豈不是太荒唐了？」

「奈良縣民聽到這話會生氣喔！」

「像我，把血壓降到一四〇試試看，馬上就會頭暈腦脹，兩腳發軟，連搭訕年輕小妞的力氣都沒了。」

「那麼，為了所有的女性著想，鳥居先生應該更努力降低血壓才行。」

面對鳥居的胡攪蠻纏，哲郎依舊是八風吹不動，過了好半晌，鳥居的氣勢也漸漸被削弱了。

哲郎知道鳥居雖然意見很多，但都會乖乖回門診追蹤，開的藥也都有規律服用。即便是個老頑固，卻不是老番癲；簡而言之，是可以溝通的人。

「高血壓本來就不會有什麼明顯的症狀，卻會在不知不覺間造成動脈硬化，引起各種危險的併發症，像是突然中風或心肌梗塞，或是動脈瘤、蛛網膜下腔出血。一七〇的血壓，還是不能置之不理……」

哲郎淡淡地解釋，朝著鳥居瞄了一眼。

「……怎麼樣都得加藥比較好嗎？」

鳥居眉頭深鎖地沉思，稍微停頓了片刻，問道。

「只增加一點點而已。」

哲郎強調「一點點」，回視著對方。

鳥居總算同意處方。

目送鳥居離開後，耳邊忽然傳來一陣豪邁的笑聲，是相隔一道牆壁的隔壁診間的聲音。

「沒事的，都走到這一步了，當然只能再加把勁了。」

說話的是在隔壁進行外科門診的鍋島。

「手術一定會讓人擔心的，當然不能保證百分之百絕對安全，卻也不能因為有風險就不做。只能相信不會有問題，克服難關。」

符合鍋島個性的爽朗聲音，隔牆傳來。

各診療室以靠窗的通道相連，聲音都聽得一清二楚。

鍋島在鼓勵的對象，是這星期預定要接受胃癌手術的病患。病患似乎不停地傾訴不安，鍋島則耐性十足地解釋。

「我們一起努力吧！」他最後說道。

這不只是豪邁，那聲音強而有力地震動心弦。

站在窗邊的土田，以溫柔的眼神看向外科診間。

就如同病患各有不同的價值觀與人生觀，醫生亦是千差萬別，光是診療方式就有相當大的差異。

「院長看診，果然很有他的風格呢！」哲郎說。

「是啊！院長還是老樣子。」土田回頭應道：「不過，町醫生的看診方式，也很有個人風格。那個頑固的鳥居先生一直東拉西扯，到最後還是被醫生誘導同意了。」

被這麼一說，或許確實如此。哲郎的診療方式，就像一艘辨識風向、慢慢轉舵的帆船。不急不躁，望著遠方，願意花時間慢慢地駛向目的地。

相對地，也有像鍋島那樣，有如不畏驚濤駭浪、泰然翻越的超級油輪般的診療方式。中將則是以清晰的邏輯和自信十足的微笑做為武器，而秋鹿雖然話不多，但他的診療有著獨特的節奏，能自然地卸下病患的緊張。

總是在一旁守望醫師與病患對話的土田，眼中看到的景象肯定相當有趣。

「町醫生，現在方便嗎？」

倏忽一道聲音響起，只見一名男子客氣地從魁梧的土田另一邊探頭看過來，是社工綠川。

「門診結束了嗎？」

「剛結束。」哲郎迅速輸入鳥居的處方箋，旋轉椅子面對綠川，問道：「是為了辻先生的事嗎？」

「是的。」綠川說。

綠川是原田醫院的醫療社工，體格纖細，他將檔案夾緊抱在胸口的模樣，看上去有些靠不住，其實工作迅速且確實。

「辻先生說，他還是不想再接受更多的內視鏡治療了……」

綠川打開檔案夾，表情困惑地說。

辻新次郎是四星期前，因吐血而被送急診的酒精性肝硬化病患。他被診斷為食道靜脈瘤破裂，在急診室輸血，同時進行緊急內視鏡手術，總算是成功止血撿回了一命。原本應該還要繼續追加進行幾次內視鏡處置，但本人頑固地拒絕繼續住院，才剛出院而已。

「還是錢的問題嗎？」

「好像是。」綠川垮下肩膀，手撫著檔案夾說：「辻先生沒有工作，一個人獨居。他以前結過婚，配偶已經過世了，也沒有孩子。收入全靠偶爾打零工，最近由於身體不適，收入好像更少了。」

「他有肝硬化嘛，身體狀況當然不好。」

「因為過著這樣的生活，他看到這次的住院費，好像嚇到了，說自己實在沒辦法再做更多的治療……」

哲郎不知不覺間搔起了頭髮，甚至浮現出牛頭不對馬嘴的想法，認為或許就是這個習慣，導致白頭髮愈來愈多。

辻雖然罹患重度肝硬化，但住院期間的恢復狀況並不差。最擔心的酒精戒斷症狀，也可能是秋鹿處方得當，幾乎沒有發作。他也都聽從護理師的指示，乖乖復健和服藥。從這個意義來說，是意外乖巧的好病患，現在看來事情還是沒那麼簡單。

「他的太太四年前離世，似乎為了排解寂寞便開始喝酒，收入幾乎都拿去買酒了。我已經先幫他安排辦理國保手續，不過他本人就是不肯行動……」

「駕照也早就過期了嘛！他真的過得很辛苦。可是靜脈瘤只是緊急結紮了一處，若不追加手術，不曉得何時又會破裂。」哲郎平靜地指出嚴重性。「肝硬化也需要持續服藥。總之，若是不嚴格管理，早晚又會因吐血再次被送回來。」

綠川聞言，表情僵住了。

「他好像也理解定期就診很重要，下星期會來回診。費用的部分，包括生活補助金在內，我都有跟他說明。無奈他自己似乎沒什麼危機意識……」

「只能由我再勸勸他嗎？」

「拜託醫生了。」

綠川行禮說完，便轉身離開。

土田目送離開的綠川，苦著臉瞧向哲郎。

「下次他再被送來，或許就沒辦法笑著計較錢怎麼樣了。」

哲郎再次用右手亂抓著頭髮。

辻拒絕接受後續治療便出院，這當然讓人掛心，卻也很難干涉。聽到他是因為失去另一半而開始酗酒，就更難疾言厲色地說些什麼。不過也不能只顧著同情，要是再次吐血被送來，本人不用說，接收的醫療機關也很辛苦。

哲郎遙望窗外，就像要拂去籠罩診間的鬱悶空氣。

「今天天氣真好。這種日子，就好想吃出町二葉的豆餅啊！」

「跟天氣無關吧！町醫生隨時隨地都想吃甜食。」

經驗老到的門診護理長，不當一回事地離開了診間。

對面的三味線教室門口，幾名穿和服的年輕女子聚在屋簷下聊天，躲避烈日。也許是有發表會，她們穿著比平時更為艷麗、畫有菖蒲和芙蓉等花朵圖案的和服，艷光讓醫院前的花圃都相形失色。

「町醫生。」剛離開的土田折返回來。「櫃台好像有你的客人。」

「客人？」

「是個陌生訪客。」

哲郎瞄了眼壁鐘，上午的門診只延誤了一些，才剛過一點而已，應該不是忙碌的副教授會過來的時間。

「我讓客人過來喔！」

哲郎聽著背後土田的聲音，操作滑鼠叫出住院病患的病歷。

在市井小醫院當醫生，不光是大學醫院的副教授，還會有形形色色的客人來訪。若是藥商或醫療儀器的業務還好，有時還會有看上醫師收入的房仲或可疑的推銷員，甚至是傳教人員潛入院內。

資深的櫃台職員，會幫忙過濾大多數的可疑訪客：不過對手也很狡滑，實在難以做到銅牆鐵壁。

不管怎麼樣，沒有預約、大白天找上門，基本上不會是什麼令人歡迎的對象吧！

「打擾了。」

聽到客人的聲音，正在看電子病歷的哲郎隨口漫應著，當把頭轉了過去時，不由得愣在當場，眨了兩下眼睛。

進入診間的，是一名全身深藍色套裝的年輕女子。只見女子雙手提著小包包，在門口畢恭畢敬地行了個禮。

她身材和中將差不多嬌小，相對於中將是一頭亞麻色短髮，女子則是將一頭黑色長髮紮在後腦勺。兩人的氣質也南轅北轍，女子白皙的臉頰因緊張而微微泛紅，真摯的眼神直視著哲郎。

當然，哲郎完全不認識。

「我叫南茉莉，在消化內科第五年了。」

面對顯而易見一臉困惑的哲郎，對方先開口自我介紹。

「啊，是醫生嗎？」

哲郎的應答十分拙笨。

「是的。」

沒想到對於他愚鈍的回應，女醫生仍一板一眼地接了話，並再次行禮。每當她行禮時，一頭烏黑秀髮便閃亮亮地晃動。

「是花垣醫生介紹我來的。雖然只有星期二下午的時間，但聽到能接受醫生的指導，我真是太開心了。請多指教。」

傻住的哲郎，腦中驀地響起醫局學長別有深意的聲音。

「我們醫局裡面有個非常熱心的年輕後進……」

腦中頓時浮現前些日子，在先斗町的西餐廳燈光昏暗的餐桌對面，端著紅酒杯微笑的花垣。

「……我可以把那個醫生派去原田醫院實習嗎？」

原來是這麼回事？哲郎暗自咂了一下舌頭。

「我沒有什麼可以教人的。」

明明他都這樣婉拒了，看來花垣把不想聽的話都當做沒聽見，滿不在乎地派了伏兵過來。儘管很像花垣的手段，不過這個伏兵也太美豔了。

「那個……我給醫生造成麻煩了嗎？」

「不，沒事。」

哲郎姑且回應，卻不由得自覺到，這個回答讓他陷入了花垣的圈套。也就是說，自己根本別無選擇。

哲郎先轉動椅子面對南，做了千篇一律的寒暄。

「我是消化內科的雄町哲郎。」

「是的，久仰大名。」

「謝謝。」

哲郎尷尬地視線游移，看見把人帶來的土田，在門外偷偷關注著事情的發展。仔細一看，他背後還有幾名護理師，都一臉好奇，兩眼發亮。

「南醫生是第五年嗎？是當完實習醫生後的第五年？」

「不，是包括實習的第五年。我進消化內科三年了，今年二十九歲。」

等於是初次見面，就探問了女士的年齡。聽到這極不得體的對話，土田交抱著手臂，誇張地做出嘆氣的樣子。

「花垣醫生交代我，雄町醫生的內視鏡技術非常特別，要我仔細觀摩。我也申請了每個月兩次的值班，如果有必要，也會幫忙其他業務。」

「這很令人感謝，但妳不能過度期待。花垣學長是個了不起的人，不過他意外地有些地方很隨便。尤其談到別人時，喜歡誇大其詞，藉此取樂，個性很糟糕。」

說到這裡，哲郎連忙閉嘴，南一臉驚訝，將那雙大眼睜得更大了。

花垣是洛都大學的副教授，也是率領消化內科的權威，應該遲早會登上教授的位置。而一個市井小醫院的內科醫師，竟大言不慚地批評這位將來的教授「個性糟糕」，這肯定是大學裡絕對不會有的事，也難怪南會感到訝異。

「難得妳過來，今天卻沒有任何內視鏡手術。下午做完三台大腸鏡檢查後，接下來就只剩下輕鬆的巡房了，該怎麼辦好呢？」

哲郎強硬地轉換話題。

「那麼，請讓我觀摩大腸鏡檢查和陪同巡房。」

「這是無所謂，只是我覺得沒什麼特別好看的。」

「沒問題，我不會妨礙醫生的。」

面對南的熱忱，如今哲郎既無法拒絕也無法反駁，他等於是半推半就地同意了南的研習。

哲郎瞄了一眼門口的土田，見他又在嘆氣，臉上還寫著「醫生的應對真是不像話」，想必他背後的護理師們表情也半斤八兩。

那個可惡的副教授……！哲郎在內心小聲咒罵著。

傍晚的醫局響起〈波動拳！〉的吆喝聲。

秋鹿坐在中間的沙發，默默地操作著搖桿。每當他的手指在膝上迅速彈動，螢幕上身穿空手道服的角色，便展現出神乎其技的招數。

哲郎坐在牆邊椅子上，端著咖啡杯，神情茫然地看著。

醫局的窗戶還是一樣開了條縫換氣，路上的喧鬧隨著飽含熱氣的戶外空氣忽遠忽近。沒聽見平時的三味線弦音，今天教室好像提早關門了。

「這也是快打旋風嗎？」哲郎沾了口咖啡，疑惑道：「角色一樣，可是畫質跟動作和之前的完全不同。快打旋風也有不同的版本嗎？」

「這是快打旋風六。」

「六？」

「第六代，剛出的。」

空手道家發出吆喝〔龍捲旋風腳！〕，在空中轉了一圈。

「居然出到六代了嗎？」

「之前玩的是二代，這是六代。」

沒什麼意義的對話，飄上天花板散去。

「嗨，辛苦啦！」外科醫生鍋島強而有力地招呼著走進醫局，他從冰箱取出巧克力丟進口中，接著看向哲郎。「怎麼啦？阿町，看你一臉倦容。」

「沒有病人需要處理，也沒有緊急病況，我卻覺得累死了。」

「是為了指導那位年輕醫生吧？」

深諳內情的鍋島笑道。

「院長早就同意了嗎？」

哲郎嘆了口氣。

「這不是廢話嗎？我好歹也是院長呢！這部分花垣處理得滴水不漏，早就先跟我打點好一切了。」

「可是我沒接到任何通知啊！」

「要是先通知你，你一定會拒絕，所以花垣叮嚀我不用跟你說。」

原來如此，花垣的政治手段固然高明，這個院長也是十足的老狐狸。

「原來是個年輕小姐喔！」鍋島賊笑道。

「她很年輕，禮數周到，也很聰明。」

哲郎渾身虛脫地回應。

「再加上又是個大美女，聽說她還不到三十？」

秋鹿靈活地操縱著搖桿，插嘴道。

「小淳你怎麼這麼清楚？」

「護理師們都在八卦啊！雖然是為了學習，但有個年輕女醫生跑來跟著單身的町醫生，護理師們當然會關心。」

「青春真教人羨慕啊！」

「青春……？」哲郎一時啞口無言，再次強調地說：「不勞諸位擔心，這個下午沒有發生任何需要大家關心的狀況，只是會讓她大失所望而已，搞不好她下星期就不會來了。」

說完，哲郎的腦中浮現南茉莉認真的神情。

「很多高齡長者呢……」

巡病房時，南表情困惑地說。

光是沒有病人需要處置，應該就讓她感到落空，而觀摩大腸鏡檢查之後的巡房景象，似乎也超乎她的預期。

病房內當然有接受內視鏡切除息肉或癌腫手術、住院觀察的患者，更有不少是長期臥床的高齡患者。這類病房的氣氛比起醫院，更接近護理之家。

「能交談的病患不多嗎？」

「除了動內視鏡手術的病患以外，多半都是長期臥床或失智的病人。剛才病房的矢野菊江女士，是少數能正常對話的。」

「這樣啊……」南難掩困惑。

不光是哲郎負責的病患如此，綜合內科的秋鹿不用說，外科的鍋島和中將的病人裡面，也有許多高齡長者。而這些病患當中，能正常對話的只有少數；九十歲的矢野菊江仍像平常那樣禮貌地寒暄問好，不過她是例外。

南應該本來個性就很認真，只見她將哲郎的說明逐一筆記下來。不過年輕的消化內科醫師，對於九十歲病患的心臟衰竭治療會有多大的興趣，哲郎實在沒有把握。

「這名病患什麼處置都沒有嗎？」

南在一張病床前停下腳步，病床上是一位削瘦女病人，身上掛著一袋小點滴。八十六歲的清水彌生長期臥床，無法對話，也無法進食。一天只注射一袋250毫升的點滴，外觀已接近皮包骨。

「她沒有親人，在安養機構住了很久。上個月開始無法進食，所以送來住院。我們打算收留到她離世。」

「如果無法進食，做胃造瘻*不就好了嗎？」

南的意見很直率，哲郎卻搖了搖頭。

「她入住安養機構時，以書面表明了不希望延命治療的意願。」

「胃造瘻算延命治療嗎？只要做好營養管理，應該還可以活很久……」

是心理作用嗎？總覺得南的話中帶有一絲責怪。

「這個問題十分困難。」

哲郎的說法很模糊，因為南的質疑實際上確實是個棘手的問題。替沒有親人、無家可歸、無法溝通的臥床病患，進行胃造廔管，送回安養機構，是對是錯？他無法提出明確的答案。

要在短時間內說明這微妙之處相當不易，就算扣除這困難的部分，哲郎的回覆也難以具有說服力。

「嗯，日本是全世界排名第一的高齡國家，醫療最前線的醫院，多半都是這樣的，這裡也不例外。」

哲郎盡可能輕鬆應答，或許因此反而聽起來略顯輕薄。

巡視完十幾名高齡病患的病床後，這天的工作就結束了。

＊注：胃造廔，是在胃及腹壁上打一個洞，由體壁放入一根灌食管，而不經過鼻子及食道。適用於腸道吸收正常卻因吞嚥困難，必需長期依賴鼻胃管灌食者。

「這樣啊！」

聽完哲郎的敘述，鍋島點了點頭，又丟了一塊巧克力到口中。

「確實，一開頭就留下了最糟糕的印象呢！從花垣那裡聽說是個妙手神醫，結果或許看起來只是個丟下臥床病患不顧的懶散醫生。」

院長的點評直指核心，聽起來刺耳極了。

「唉，這也是沒辦法的事啊！」秋鹿搖晃著爆炸頭，關心地插嘴：「第五年的話，除了大學醫院以外，頂多只在外面的綜合醫院稍微短期實習過而已吧？應該還沒有機會看到像這裡這樣的環境。」

「是啊！就連當了三十年醫生的我，都還有數不清的迷惘，所以不需要對年輕人的反應想太多。」

「好了，偶爾早點回家去吧！文書工作留到明天再處理也行。」

鍋島拍了一下哲郎的肩膀。

「好像有到府看診的病患突然發燒，我等下得過去看看。我只是在出發前充電一下耗盡的心力。」

此時ＰＨＳ響了，門診護理師連絡到府看診的準備已完成。平常到府看診都是哲郎騎自行車去，但緊急情況只要說一聲，護理師就會開車接送。

「到府看診？誰？坂崎先生不是不久前過世了嗎？」

「是今川女士。」

「那個胰臟癌的患者啊……」

鍋島蹙起一雙粗眉。他不只是性情豪爽而已，其非凡之處，在於對前來原田醫院就診的病患掌握得鉅細靡遺。

「我記得是七十歲左右、晚期胰臟癌的病人，對吧？」

「去年轉介給洛都大學是七十歲，現在七十一歲了。」

今川陶子是去年年底在初診時發現胰臟癌的病患，當時哲郎把希望寄託在手術上，將她轉診給大學醫院。沒想到她帶著難以切除的結論回來，由於不願接受抗癌藥物治療，在家療養。

「差不多到時候了嗎？」

「還無法判斷，只是病程比預期的更加緩慢。不過，如果開始發燒的話，或許就不太樂觀了。」

「看來你也沒辦法馬上回家了呢！」鍋島搔搔脖子，像是想起什麼似地詢問：「要送晚飯什麼的去給龍之介嗎？」

「沒問題的，我剛才打電話跟龍之介說過了，他表示可以自己煮。他已經能獨當一面了。」

「真了不起。」

鍋島說著，望向窗外的暮色。

某處正在進行盆踊的練習，上一刻還一片安靜，此刻依稀傳來太鼓聲。

秋鹿也被吸引似地，視線從電視移向窗外。

「這麼說來，這個週末就是六道祭了呢！」

「已經到了這時期啊……」鍋島回應。

六道祭是盂蘭盆節慶的代表性活動之一，在松原大道的六道珍皇寺舉行。相傳在這時期，寺院境內的水井會與陰間相連，祖先的靈魂會經由水井，短暫地返回陽間。

換言之，是生者迎接亡者並傳達思念的季節。

「是陰陽兩界相連的時期呢！或許會有幾個人被帶走。」鍋島說。

「有人牽著他們過去，表示不是孤單一人，或許也不是什麼壞事。」

「確實有理。小淳你還是老樣子，真會說話。」

「……盂蘭盆啊！」

鍋島摸著厚實的下巴，感慨萬千地喃喃自語。

連日酷暑的八月初旬週末。

哲郎來到鄰近吉田山的清幽住宅區，他是為幾天前才到府確認的今川陶子看診。

再多走一段路，就會到銀閣寺一帶，在哲郎的到府看診區域裡，相當於最北邊。這距離有時也會委託給開車出診的秋鹿，但由於這一帶鄰近哲郎以前任職的洛都大學，熟悉地理位置，便由哲郎負責。

上次到府看診時，今川發燒到三十八度，他開了抗生素。隔天居家護理師連絡說退燒了，因此他再次前來確定狀況。

時節正值盛夏。市內正在舉辦陶器市集、二手書市集等活動，要是不小心走錯路，會陷入舉步維艱的車陣或人潮裡。

哲郎活用自行車的輕便，避開了人群，來到位於吉田山山腳的一戶大民宅前面。掛著〈今川〉門牌的建築物，與其說是民宅，或許更應該稱為大宅院。綿長的築地圍牆前方，是覆有瓦頂的大門。穿過大門，在畫出平緩弧線的飛石引導下抵達玄關。飛石兩側的杜鵑花修剪得很美，五葉松和紫薇花的另一頭，就是東山的山景。周圍應該還有別的建築物，都被配置於各處的植栽巧妙地遮蔽，從哲郎的位置看不見。

「這是借景。」

迎接哲郎的今川家長男幸一郎，簡短地說明。一襲和服的長男視線低垂，領著哲郎走向屋內深處的走廊。

每次來都有相同的感受，只要跟在微微屈身、無聲無息地行走的長男身後，哲郎都會陷入跳脫現代、踏入古代的奇妙錯覺。

儘管哲郎沒有聽說細節，不過據說今川家在京都也是歷史悠久的華道宗師一族，從江戶中期開始興旺，受到王公貴族賞識，獲賜於此地興建大宅。

「過去我們家在南禪寺附近還有本宅，卻因抵擋不了時代的潮流，在明治維新後便家道中落，把土地賣了，只剩下這處別墅……」

以前今川陶子本人帶著落寞的微笑說道。

如果這棟大宅是別墅，哲郎完全無法想像本宅究竟有多豪華。

在擦拭得光可鑑人的長廊轉了兩次彎，來到面對庭院的軒敞和室，這就是病房。

「感覺怎麼樣？」

哲郎跪坐到榻榻米上詢問。

身穿浴衣的今川慢慢地從臥榻坐起來，行了個禮。

今川陶子這名女性，就宛如七十一年來都活在禮法與傳統之間，舉手投足都散發出經年累月的品味與高雅；在不經意的動作中，有時又顯露出少女般的稚氣，是讓人毫不遲疑地想用超凡脫俗來形容的罕見女子。

她在後頸紮成一束垂在肩上的頭髮，雖然摻雜白絲，髮量卻很豐盈。因貧血而顯得蒼白懾人的皮膚，把黑銀相間的頭髮襯托更為動人。

今川被診斷出胰臟癌後，已過了半年多。之所以拒絕接受抗癌藥物治療，就是不願意失去這頭秀髮。

「只不過是頭髮罷了！」

長男曾如此心痛地怒叱道，卻絲毫動搖不了母親凜然的決心。

「與其失去頭髮，我情願就這樣離開。」

事實上，對於胰臟癌抗癌藥物的效果並不出眾。身為主治醫師，哲郎並非沒有猶豫，但他也看過因進行強力的化療而導致的悲慘狀況。

「醫生會覺得我這樣的病患很傻嗎？」

今川面帶微笑地探問。

難道這就是一肩扛起名門大家的人所具備的風範嗎？

哲郎當時並沒有對她多說些什麼。

「多虧醫生開的藥，燒已經退了。謝謝醫生。」

今川抬頭道謝，她臉頰削瘦了許多，表情卻比三天前來看診時要好。

「飯吃得下嗎？」

「今早吃了一點粥，感覺還不錯。」

「那太好了。」

哲郎讓今川躺下，進行常規檢查。

貧血、消瘦、下肢浮腫……狀況當然稱不上好。

「前些日子發燒，應該是輕微膽道炎造成的，得再繼續吃幾天的抗生素。」

「好的。」

今川順從地回應。

哲郎聽著她的回答，在皮包取出的病歷上記下要點。眼角餘光瞥見壁龕上的素燒花瓶裡，有柔和的紫色花朵搖曳著。

「那是石竹嗎？」

聽到哲郎的疑問，今川的唇角浮現笑意。

「醫生熟悉花嗎？」

「不，只是隨口問問。難得來到以花道聞名的名家，不聊聊花似乎太可惜了。」

「我以為東京的人都很嚴肅，醫生反而很有趣呢！」

今川莞爾地搖晃肩膀笑道。

「院長常說，逗病患笑也是醫生的工作。」

「院長真是個聰明人，很清楚人際往來的關鍵。」今川微笑地點了兩、三下頭，接著凝視哲郎的眼睛，淡然地說：「雖然燒已經退了，但我一天比一天虛弱，大限差不多快到了。」

這猝不及防的話，讓坐在對面的長男動搖了一下，哲郎卻很鎮定。

「六道祭也開始了，外子好像要來接我了。」

聲音當中沒有悲愴感，乾脆得宛如捲走落葉的冬季微風。甚至讓人覺得在那聲音邀約下，她已故的丈夫隨時都會從紙門另一頭走進來。

「妳覺得很難受嗎？」

哲郎把聽診器塞進入診包，轉向今川問道。

「不是很好受啊！」

今川說著，把頭轉向明亮的庭院，刺眼地瞇起了眼睛。

面對庭院的紙門敞開，營造出開放空間。今川討厭空調的機械感，都讓自然風在室內流動。明明正值溽暑，也或許是靠近山地，不同於市內的悶熱，風意外地涼爽。

「每年送外子回去，也實在教人寂寞，所以我覺得今年跟著他一起走也不壞。我實在是撐不下去了……」

哲郎也隨著今川的視線望向庭院。

配置假山的粗獷岩石另一頭，淡紅色的紫薇花搖曳著。剛才飛下樹蔭的，是幾隻雀鳥嗎？可是沒聽見鳥啼聲。

「不必勉強的。」

聽到哲郎突如其來的簡短話語，今川把視線拉回他身上，她抹掉感情的眼神，臉上浮現出詢問的神情。被褥另一側，長男幸一郎也嚴肅地注視著。

「這樣說或許很奇怪，但不必勉強，只是……也不能操之過急。」哲郎字斟句酌地說：「前往另一個世界的路，基本上是單行道。每年都能回來幾天，卻不能隨時能來去自如。那麼，也無法在想要的時候欣賞這座優美的庭院，還有那座美麗的東山。既然人都在這裡，我覺得太急著走也太可惜了。」

側耳聆聽的今川，間隔了片刻，又輕笑了一下。

「醫生說話真的很特別。你不叫癌症病患加油、不要放棄，只說不要急。」她從容地轉向兒子，微笑道：「『不要急』啊！很有味道的一句話呢！」

長男只是微微地頷首。面對日漸衰弱的母親，長男一貫地不表露感情，他並非不關心母親，只是依據傳統禮法，要求自身表現出堅毅的態度。

這是母親的願望，同時也是這個家代代累積出來的樣貌。

儘管嚴苛，哲郎不認為是空洞的。送走許多生命的哲郎，深知並非只有緊抓著病患痛哭才是哀傷的表現。

「也是，兒子已經大了，但也在忙碌中像這樣陪伴著我。就像醫生說的，也沒什麼好急的？」

聽到今川的回答，哲郎緩緩地點了點頭。

「我兩星期後會再來，有任何狀況，請隨時連絡居家護理師。」

今川以眼神致意了解，很快又開了口。

「醫生，石竹不是用來裝飾壁龕的花，而是要綻放在野外才美麗。」

那語氣就像在教導不成熟的徒弟，既嚴格又溫柔。

哲郎離開今川家，直接轉往南邊，前往另一戶到府看診的人家。

年屆九十二歲的病患黑木勘藏，所居住的町屋*建築，位在琵琶湖疏水道北側與鴨川匯流之處、連車子都無法隨意駛入的複雜住宅區內，他和在店面經營古董店的兒子勘一兩個人住。

他一年前中風病倒，無法自行走動，便在家接受到府看診。

「醫生，真不好意思，老是麻煩你吔！我老爸人還沒走。」

兒子從堆積如山的古董之間探頭出來，劈頭就這麼說。

身穿作務衣*的勘一禿頭，或許是生意人的關係，隨和的個性讓人印象深刻。

店面狹小，只有約三・六公尺寬，木盒子等小物雜亂地一路堆到路肩處。穿過這些商品之間，最裡面的房間放了照顧床。由於古董太多，把床搬進來時，似乎費了一番工夫。

哲郎出聲招呼，正在床上睡得流涎的勘藏，迷迷糊糊地睜開眼睛。

「怎麼又一副邋遢相。爸，醫生來啦！」

「喔，醫生好……」

勘藏話還沒說完，兒子便抽了張面紙為他擦拭嘴巴。

勘藏已經失智，偶爾會卡痰，卻可以慢慢地說話。除了送去日間照顧以外，一整天大多時候都躺在床上，只有吃飯時會抬高床鋪上半部，由兒子協助餵食。這一年來有時會低燒，卻沒有再次中風，也沒有感染嚴重的肺炎，就這樣度過每一天。

「麻煩你啦！醫生。」

勘藏沙啞地說完，發出些許痰音的咳嗽，勘一又以熟練的動作擦去咳出來的痰。

床邊也雜亂地堆積著舊茶具、佛像，以及用途不明的奇怪物品。不僅積塵很多，也影響採光，卻不感覺陰暗，或許是因為這對父子活潑的個性使然。

「老爸什麼時候才會走呀？」

兒子大剌剌地說，床上的父親也露出缺損的牙笑著。

＊注：町屋，是京都特有的傳統住商建築物，特色是房屋格局深長。
＊注：作務衣，是禪寺的僧侶工作服，為前襟交叉綁帶的上衣和褲子，也被各種傳統工藝職人所採用。

在哲郎為數不少的到府看診案例裡，如此不避諱的人家也難得一見。由於只是簡單檢查，並告知下次看診的日子，因此不會花什麼時間。

哲郎結束看診，走出戶外，一樣悶熱的戶外空氣迎接了他。

這時期的到府看診很辛苦，不光是暑熱而已，室內外溫差所造成的疲勞感也不容小覷。在直射陽光下騎自行車，進出冷氣大開的室內，對身體來說，也是一種重活。

考慮到這些，下午只去今川和黑木兩戶到府看診，應該是對的吧！

哲郎把出診包放進自行車籃子，按著一下就汗涔涔的額頭，望向馬路。不曉得是不是旅客，一群年輕女子發出興奮的聲音經過，年輕母親推著嬰兒車，西裝男子擦著汗，貌似學生的青年踩著自行車破風前行。

不怎麼大的這座城市，景色卻是五彩繽紛。

有像今川這樣的病患，在偌大宅院深處對抗著癌症；也有像勘藏那樣的患者，在狹小町屋與塵埃一同生活。

只要從那裡踏出一步，便會看到對疾病與生命毫無所覺的生活，如耀眼光芒般從眼前閃耀而過。而這是以前在大學醫院忙得像陀螺時，幾乎不會意識到的世界。

哲郎就這樣佇立在屋簷下，眺望了半晌後，一如往常地再次跨上自行車，騎出艷陽底下。

京都五山點火了，是八月十六日的五山送火*。

這是點綴京都夏季的代表性景致之一，原本是為了將回到故鄉的祖先之靈，送回淨土的送火儀式。

---

*注：五山送火，又稱為大文字送火，於每年八月十六日晚上八點開始，每隔五分鐘依逆時針方向，依序點燃設在五座山嶽上的四個篝火。「五山」分別為大文字山、松之崎西山及東山、船山、大北山、曼荼羅山；「送火」是指讓盂蘭盆節回鄉的祖靈返回陰間。

以如意嶽*的「大」字揭幕，依妙法、船形、左大文字、鳥居的順序點燃火焰，逐漸將夜晚染成淡淡的橘紅色。

五山每一座都是平緩的山，而非巍峨的高山，並非從市內任何一處都能看到。不過只要去到高樓屋頂或鴨川河岸，就能有不錯的景致，只是這些地方擠滿了觀光客，大部分的京都人都會避開。

當地人即使看不到送火，也會從狹窄的巷弄或民宅簷廊仰望染成橘紅的夜空，靜靜地合掌。

「外面人好多呢！」龍之介說。

兩人坐在餐桌旁，晚餐有絞肉炒茄子、味噌湯、白飯和醃菜，營養十分地均衡，難以想像這是出自國中生之手。

「今天我跟朋友去四條河原町，路上很塞，卡在車陣的公車裡也擠滿人。」

「我想也是，我連去大丸買阿闍梨餅的力氣都沒了。」

說到人潮，也不是單純的人多擁擠。現下是八月晚間，盛夏的熱氣和祭典的熱鬧，讓大馬路的人行道擠到讓人幾乎喘不過氣來。

「新聞說，鴨川三角洲超可怕的。」

「那裡可以從正面看到送火嘛！」

哲郎一邊想像著賀茂大橋非比尋常的人潮，一邊嚼著炒得軟爛的茄子。絞肉的鮮味滲透茄子，在口中擴散開來，勾起因暑熱而減退的食欲。

「觀光客好多。送火其實應該是祭祀過世的人的活動，對吧？」

「是啊！每年這個時期，過世的人就會回來，然後再回去另一個世界。送火，是為了把一年當中只回來幾天的人們送回去而升的火。」

「過世的人會回來呢！」

儘管龍之介說得若無其事，顯然是想起了離世的母親。而哲郎自己也是，想到即使只有短短幾天，妹妹美山奈奈會回來這裡，便覺得感慨萬千。

＊注：如意嶽，是位於日本京都東山的一座山峰，其西峰標也稱「大文字山」。

不過，奈奈是土生土長的東京人，而且個性粗心大意的妹妹，靈魂有辦法好好地找到哲郎和龍之介居住的這處京都小公寓嗎？他實在很沒把握。

這樣的不安伴隨著淡淡的滑稽，溫暖了哲郎的心田。

「下星期一起去拜天神*吧！」哲郎說。

「怎麼突然要拜天神？」

「記得你第一學期的期末考成績很不錯吧？應該去給道真公道個謝。」

「町醫生的心意我很開心，但你的目的是長五郎餅，而不是道真公吧？」

龍之介說的沒錯。一起相處了近三年，即使是國中生，似乎也摸透了哲郎單純的行動模式。

「你聽好了，龍之介。」哲郎停下筷子，故作正經地說：「這世上有三樣東西，是這輩子絕對要吃過才能死的，你知道是什麼嗎？」

「不知道，是什麼？」

「矢來餅、阿闍梨餅和長五郎餅。」

「怎麼全都是餅？」外甥抗議道。

「難過的時候、必須加把勁的時候，就應該吃甜的。」

哲郎一臉滿足地說。

「是是是。」

龍之介完全不當一回事，臉頰卻浮現微笑。

「寂寞的時候，就應該吃點甜的。」

這是龍之介剛來到京都的時候，哲郎三不五時掛在嘴上的話。

對於失去母親、剛搬到陌生土地的外甥，舅舅不厭其煩地這麼說，勤奮地帶他四處吃和菓子。不光是餅類而已，還有糕類、金平糖、麩菓子、餅乾等等五花八門。

結果龍之介才國一，就已經精通京都的各家糕餅鋪。他當然知道哲郎熱愛甜食，也完全明白這個奇特的舅舅是拚命在為他打氣。

＊注：天神，是指天滿宮，祭神菅原道真被視為學問之神。

「啊！侷限在京都就太可惜了。伊勢的赤福、太宰府的梅枝餅也不能割捨。」

看到舅舅說來說去就是離不開餅，龍之介只能拚命憋笑。

「不過，你的廚藝一年比一年進步了呢！以前奈奈也有教你這些嗎？」

能自然地提起已故的妹妹，也是因為這是送火之夜、是特別的日子吧！

「老媽廚藝其實不太好。不過她總是說，吃好吃的東西很重要；還說，餓肚子是最大的敵人。」

「有道理。」

「她老是說，欠債再多都不怕，若是餓肚子，什麼事都提不起勁去做。」

「『與欠債為友，視空腹為敵』，這是雄町家的家訓。你外祖父跟曾外祖父都常這麼說。」

哲郎的老家是東京老街一家小型金屬雕刻廠，過去總是為了經營困難而掙扎。所以家訓中的「友」相當多，但生活中不曾受到「敵」所折磨，這應該是父母煞費苦心的成果。

哲郎沉浸在淡淡的感傷之際，龍之介已經俐落地收拾空碗盤，端到廚房。

這時，哲郎的視線停留在桌角的一本口袋書上。

「喂，龍之介，」哲郎忍不住出聲喊道：「你是在哪裡挖出這本書的？」

看到哲郎拿起來的書，龍之介就像惡作劇被抓包的孩子般縮起了脖子。

「這不是史賓諾莎的《倫理學》嗎？」

「我在醫生的書房看到的。」

「怎麼會突然想看這個？」

「就……隨手拿的……」

龍之介支吾其詞，腦中浮現花垣與葛城的側臉。

「又是花垣學長跟你說了什麼吧？」

哲郎彷彿看透了這一點，問道。

「他沒跟我說什麼，只是提到這是町醫生常讀的書，葛城先生也說史賓諾莎是個很有意思的哲學家。」

「可是這本書特別深奧，不是隨便就能讀懂的吔！」

「但醫生讀過好幾遍了吧？有經常翻閱痕跡。」

「史賓諾莎是一位很不可思議的哲學家，不光是他的著作內容，他的人生也充滿了謎團。」

哲郎苦笑著說，隨手翻了翻書頁。

「謎團？」

「史賓諾莎的書，遭到當時天主教社會的大力抨擊，說是魔鬼寫的書，也一度被列為禁書。結果他無法定居在一處，只能四處遷移，度過與地位和名聲無緣、懷才不遇的一生。」

龍之介不由得感到意外，他一直單純地以為史賓諾莎是個偉大的哲學家。

「有趣的是，他的作品幾乎看不到境遇艱困的人特有的悲壯或絕望。他的遭遇稱得上毫無道理，卻看不到像但丁那樣的牢騷，或尼采那樣的諧謔，而是散發出理性和靜謐。也可以說他這個哲學家就是如此令人難以捉摸，我經常能在他的書裡找到似乎能解答自己疑問的文字。」

哲郎再次懷念地看著那本口袋書，隨手翻頁。

「第一部分，記得是『神論』吧！這是相當難纏的導論喔！不過，第一本就挑戰《倫理學》啊……」

「放棄比較好嗎？」

「不，也沒什麼不好。即使只是瞭解到不懂是怎麼回事，也是很重要的。以為看過就懂了，這其實更要危險得多。」

哲郎不經意地說了意義深長的話。

「那，我再借一陣子。」

「好。」

哲郎說著，微笑地把書遞給龍之介。

手機突然響了起來，哲郎接起電話，答了兩三句，輕輕聳了聳肩。

「是送火的關係嗎？病房有狀況。」

「病房嗎？真難得。是值班醫生應付不了的狀況嗎？」

龍之介忍不住好奇詢問，因為晚上很少有來自醫院的呼叫。

到府看診的病患，病情急轉直下是偶有的事。但院內的話，就算哲郎不在，還有鍋島和中將這些資深醫生駐守，哲郎很少會被叫去。

「其實今天晚上值班的，是大學醫院來的年輕醫生。那位醫生很認真學習，替我值班。」哲郎說完，一口氣喝光杯裡的茶，站了起來，接著簡短地交代道：「我可能會晚歸，你先睡吧！」

病情急遽惡化的病患，是九十歲的矢野菊江。

上個月她曾因心臟衰竭惡化，狀況不佳，但調整利尿劑之後，病況便逐漸好轉，最近開始能夠進食，正在考慮可以出院了。

哲郎趕到醫院，換上白袍上去病房，今晚負責值班的南茉莉正等著他。

半個月前來向哲郎報到的南，後來每個星期二下午都會到原田醫院來。由於遇到盂蘭盆節時期，到目前她都還沒有機會觀摩到大型內視鏡手術，只做了幾台大腸鏡檢查，其餘就只是觀摩巡房而已。

哲郎對這樣的現況感到憂心，南卻沒有特別表達不滿。她應該不可能完全沒有不滿，但似乎耐性十足，能克制這些情緒淡然處之，甚至自告奮勇，說要在盂蘭盆節期間的今晚替哲郎值班。

「辛苦妳了。」哲郎說。

「抱歉！這麼晚還請醫生過來。」

在護理站前等待的南，表情僵硬地行禮。

「沒事的，反而是辛苦妳了。狀況怎麼樣？」

哲郎一邊經過走廊，一邊問。

「今天晚餐時，護理師叫喊矢野女士都沒有反應，因此連絡了我。」南跟在一旁回答：「聽說她午飯有吃，下午護理師查房時，也很正常地交談。」

走廊前方就是菊江的病房，裡面已經有兩名護理師正等待著，而其中一位是病房主任五橋。

「辛苦了。」

五橋簡短地招呼，哲郎向她點點頭，看向病床。

身上接著心電圖監視器和氧氣面罩的菊江，正微弱地喘著氣。原本就嬌小的病患連上各種儀器的模樣，讓她顯得更小、更無助。

「菊江女士——。」

哲郎呼喚著，卻完全沒有回應。若是平常的話，菊江總會笑著說：「真不好意思啊！」現在儘管用更大的音量呼喚她，也毫無反應。

哲郎抓起她清瘦的手，在指甲上施加刺激，病患還是一動不動，呼吸數也完全沒有變化。

「對疼痛刺激也沒有反應嗎？」

「抽血插針時，也沒有反應。血壓沒有變化，但血氧濃度偏低，所以讓她吸氧氣。上星期她還那樣笑咪咪地跟我說話，真不敢相信……」

在高齡病患當中，菊江罕見地能清楚與人交談，南對她印象深刻。

「今早我巡視時，她也能正常聊天。」

哲郎望向五橋指示的筆電上的變化，由於南已安排做了血檢，結果也都出來了，數值和平常沒有什麼不同。肝功能、腎臟功能都正常，電解質沒有異狀，發炎指數也沒有上升。

「傍晚五點巡房時，菊江女士還能交談。」旁邊的五橋開口說：「六點過後才注意到明顯不對勁。」

「這……」南以緊張萬分的嗓音說：「會不會是中風？」

九十歲的高齡者意識不清，血檢無重大變化，中風的診斷是相當合理。

「頭部電腦斷層掃描，也沒有明顯的異常。急性中風的診斷，需要做核磁共振，但這裡沒有設備。我認為，應該送到大學醫院。」

哲郎沒有立刻說好，當然這並非他不把南的提案當一回事，只是他隱約覺得哪裡不對勁。

哲郎尋找異樣感的來源，再次將目光轉回病床，陷入沉思。

然而，哲郎這樣的態度，似乎讓南有了不好的印象。

「醫生，是不是應該把病患送到大學醫院？」

南的聲音變得有些尖銳。

「這個嘛⋯⋯對了，連絡家屬了嗎？」

「矢野女士本來就是一個人獨居，身邊沒有家人。」

「我都忘了，她在佛光寺旁邊一個人獨居呢！」

哲郎說著，伸手掰開菊江的眼皮。

五橋立刻打光照射，瞳孔極度收縮起來。

「雙眼瞳孔縮小嗎？」

「這是腦幹梗塞十分常見的現象。」南判斷道：「如果是腦幹，那就是更危險的梗塞了。」

哲郎緩緩地點頭，卻依然沒有行動。

「矢野女士雖然高齡九十歲了，還是能夠正常對話，今天中午也是自己進食，甚至在考慮出院一事。」南以急切的語氣，質問道：「醫生不會因為她年事已高，就打算放棄治療吧？」

聽見她連珠炮似地這串話，讓哲郎悟出她眼中的自己是什麼形象。

南耐性十足，也十分禮貌，從來沒有在態度上表現出什麼，現下看來，她對哲郎似乎沒有什麼好印象。

對於不做什麼厲害的內視鏡手術，只會悠哉巡視高齡者病房，遇到病患病情驟變，也沉默不語的哲郎，要人對他萌生敬意，的確有些強人所難。

「我不打算放棄治療。」

「那……」

南的話說到一被半打住，哲郎伸出左手，制止了她。

「可以給我一點時間嗎？」

哲郎說著，雙眼定睛地注視著菊江。他左手攔著南，右手食指緩慢地動著，從菊江的頭部到腳尖依序確認。

是哪裡讓我覺得不對勁？這是哲郎現在最關心的事。

意識突然不清，雙眼瞳孔縮小，沒有發燒，也沒有貧血，頸部淋巴結沒有腫大，胸腹沒有異常，下肢輕微浮腫……

哲郎的食指巡過菊江全身一遍以後，這次轉向床邊的監視器。

血壓、脈搏、呼吸數、血氧濃度……

逐一確定數值後，指頭忽然停住了。指著最底下的血氧濃度的手指，慢慢地折回來，定在上方的數字〔脈搏46〕。

「不對勁的原因，就是你啊！」哲郎喃喃道。

南蹙起形狀姣好的眉毛，不解其意。

「脈搏昨天也這麼低嗎？」

五橋倏忽被問到，立刻操作筆電確認。

「昨天白天是五十五。」

「前天呢？」

「六十到七十左右……啊！好像愈來愈低了。」

「立刻做十二導程心電圖。」

五橋和旁邊的護理師立刻跑出病房。

「雄町醫生，中風的搶救黃金時間是六小時。最後看到矢野女士正常的時間，是傍晚五點，已經五小時過去了。」

南在一旁看著，發出焦急與困惑摻半的聲音。

「也就是還有一小時。」

聽到這樣回答，南幾乎啞口無言，但哲郎的語調相當鎮定。

「南醫生，妳不覺得奇怪嗎？中風會引發心搏過緩嗎？」

「這……我不確定，或許只是心率不整。」

「不能說什麼或許，必須確定才行。然後，這應該不是心率不整。」

哲郎話聲剛落，五橋和護理師已回來，開始為菊江做心電圖。

「心搏慢成這樣，血壓卻是正常。若是心血管問題，就不合理了。」

還有……。哲郎伸出右手，輕輕掀起菊江的睡衣，臀部染成一片褐色。

「腹瀉了！我立刻清理。」

五橋注意到，立刻插口。

「晚點處理就行了，先做心電圖。」

南無聲地注視著兩人對話。

心電圖結果很快出來，南一看報告，發現就像哲郎說的，並非心率不整。

「昏睡、瞳孔縮小、心搏過緩、腹瀉……妳覺得這是什麼？南醫生。」

「阿……我不知道……」

「不知道嗎？這一連串病徵很典型啊！」

「一連串病徵？」

「是自律神經系統問題，接下來就是原因了……」

哲郎喃喃道，把頭髮亂搔了一陣，猛然把旁邊的筆電拉過去，開始敲打起來，過了一會兒，他停手把螢幕轉向南。

「找到兇手了！菊江女士從以前就在服用 Ubretid。」

「Ubretid……」

這是經常開給高齡病患、用來治療排尿困難和尿崩症的藥物，由於是很常見的處方藥，南也知道。

「這種藥和中風有關嗎？」

「這不是中風。」哲郎以平靜的語氣說：「是膽鹼過度作用危機。」

「膽鹼過度作用危機」，南第一次聽到這個病名。

她在病房角落上網搜查了一下，得知是以 Ubretid 為代表的這類膀胱藥物，所導致的危險病徵。藥物本身很普遍，是罕為發生的併發症，可以說是難得一見的副作用，也有因為診斷太慢而死亡的案例報告。

南悄悄回頭，櫃台另一邊是HCU（高度護理治療室），哲郎立刻把菊江從一般病房轉移到HCU了。

掛在天花板上的螢幕，顯示著菊江的生命徵象，經過治療，脈搏已恢復，血氧濃度也逐漸改善。

病床上的菊江，就在方才微微睜開眼睛，能夠正常回話了。雖然還很虛弱，但短短幾小時內，她的清醒程度有了明顯的改善。

南繼續將視線移向護理站角落，看見在椅子上交抱著手臂睡覺的哲郎。他把雙腳擱在拉到旁邊的椅子上，發出安穩的呼吸聲。

這也難怪……。南看向病房的時鐘，已經深夜兩點多了。

當確定狀況後，哲郎立刻為菊江注射阿托品*，開始進行治療，接著打電話給菊江住在遠方的親戚，說明狀況。

這些告一段落後，接下來除了觀察以外，沒有其他事情可做了。

「接下來我來顧。」南客氣地提出。

哲郎笑著回應：「我會再待一陣子。」接著他看了螢幕片刻，不久後說：「我小睡一下。」便坐到牆邊的椅子靠好，理所當然地閉上了眼睛。或許只有經驗老道的醫師，才能切換得如此迅速。

南把視線轉回網頁畫面。某位藥劑師的網站上說，藥品仿單上也以紅字記載了膽鹼過度作用危機，由於難得發生，許多臨床醫師都不知道。

——如果不知道，也無從診斷。診斷不出來，有時候就救不了病人了。

看到這段文字，南心裡嘆息：真的就是這樣！

做為一名醫師，她自認為已經很拚命在學習了，這也讓她痛感到醫療的世界有多麼浩瀚。

＊注：阿托品，主要用作治療有機磷中毒和殺蟲劑中毒的解毒劑，也可治療心跳過緩和手術時減少唾液分泌，近年來也用於眼科，像是控制近視加深和散瞳。

膽鹼過度作用危機，並非消化內科疾病，或許可以勉強推說那不屬於她的專業範圍，但這樣的態度相當可悲吧！

最重要的是，同樣是消化內科的指導醫師，卻能在那樣短暫的時間裡，而且是在南施壓的緊迫狀況中，正確地挑出必要的資訊，做出了診斷。

她再次望向牆邊，指導醫師依然發出安穩的呼吸聲。對比先前定睛注視昏迷的菊江時犀利的表情，現在的側臉溫吞得難以想像。

護理師五橋請人在醫師的大腿蓋上毯子，院內空調是集中管理，因此不能只把護理站的冷氣調弱。五橋掌握這些的細膩安排，實在是南望塵莫及，在各方面都遠遠不足的自己，讓她的心情愈來愈暗澹。

「今晚辛苦妳了，南醫生。」

聲音忽然在背後響起，南轉頭一看，正是優秀的主任護理師在跟她說話，同時一瓶瓶裝茶已擺到前方。

「請用。」五橋說。

「謝、謝謝。」南連忙行禮。

「醫生第一次值班就遇到大狀況呢！我們醫院其實很少會遇到。」

「這樣啊……」

「麻煩等會兒也拿給那裡的指導醫生。」

五橋說著，在瓶裝茶旁邊擺上一罐咖啡，轉身就要離開。

「那個，五橋姊，真對不起。」

南忍不住叫住了五橋，她聞聲回過頭。

「我貿然斷定就是中風……結果根本不是。」

「這個啊……」五橋喃喃道，沉默片刻，很快地接著說：「不過，如果要道歉，應該是為了另一件事吧？」

五橋話中有話，南困惑地回望她。

「南醫生認定町醫生不想治療矢野女士，任由她離開，對吧？」

五橋不客氣的問題，讓南反射性地想搖頭否認，但她立刻轉念，微微地低下頭。

「對不起……我不能說我完全沒那樣想。」

「……我喜歡醫生的坦率。」

看到南的態度，五橋想了一下說道。她露出溫柔的笑容，讓南很是驚訝。

「南醫生的心情，我也可以理解。」五橋說著，把右手搭在旁邊的桌上，看向櫃台另一頭的病房。「我們醫院的醫療，和南醫生一直以來看到的，大概不太一樣。這裡的病患，絕大多數都是失智或癌末，還有一腳已經踩進棺材裡的老人家。在這裡幾乎沒有人會『康復』。」

這意外的話讓南睜圓了眼睛，五橋不理會，逕自說下去。

「可是，如果認為我們會這樣就撒手不管，那就大錯特錯了。這裡的工作，不是如何治好棘手的疾病，而是如何與不治的疾病一起走下去。因此我們在做的事，本來就不好理解了。」

「是……」南嚴肅地應話。

五橋的微笑變成了苦笑。

「醫生願意這麼認真地聽我個人的看法，我覺得妳是個很溫柔的人。而且這麼率真的人，這年頭難得一見，總覺得好像我在刁難一樣。」

「沒這回事的，謝謝妳。」南再次行禮。

「不過，南醫生怎麼會選擇消化內科？」五橋一本正經地提出疑問：「應該還有更多不那麼辛苦的科別吧？」

「不那麼辛苦的科別嗎？」

「以前町醫生說過，消化內科病患多，緊急狀況也多，更有許多危險的手術，顯然是很辛苦的科別之一，最近愈來愈少人選擇走這一科了。」

五橋的語氣輕描淡寫，眼中卻有著誠摯的光采。感覺她不是出於好奇隨口問問，而是在確認南的真心。

「……家父是死於胃癌。」南坦誠以告。

「令尊嗎？」

「是的，那時候我還在讀高中。我從一開始就決定要當消化器官醫師，不過對於需要體力的外科又沒自信……」

「所以選擇了內科嗎？」

「我看到學生時期指導我的花垣醫生，用胃鏡切除胃癌的手術，便決定要走這條路。雖然都已經第五年了，能力卻還遠遠不夠。」

南不經矯飾的話，讓五橋恍然地點點頭。

「謝謝妳，南醫生。也很抱歉問了私人的事。」

「沒事的，我才要謝謝妳。」

彬彬有禮的彼此道謝，總有些不自然，兩人不由得同時發出憋笑聲。

「希望能早點看到町醫生的內視鏡手術啊！南醫生研習的目的，應該就是為了這個吧？」

「是的，站在五橋姊的角度，也覺得雄町醫生很厲害嗎？」

「我不是內視鏡專家，並不清楚醫生有多厲害……」五橋停頓了一下，看向在牆邊睡覺的醫師。「不過，這次應該讓妳稍微對他刮目相看了吧？」

就在此時，護理站的電話乍然響了起來。

南目送五橋趕去接電話的背影，陷入奇妙的感受。

對南來說，雄町哲郎仍是個難以捉摸的醫師，總是平靜的模樣看起來很溫柔，卻同時也讓人覺得靠不住；一方面感覺他很誠懇，有時也像是怠惰。唯一確定的是，他是與具備壓倒性氣魄的副教授花垣，完全截然不同的類型。

「咦，真的嗎？」

五橋的聲音傳來，把南拉回了現實世界。只見五橋語速飛快地講著電話，很快地輕嘆了一口氣，放下話筒。

「怎麼了？」

南疑惑問道。

「今天真是諸事不順。」五橋回頭應道：「接下來，要動緊急內視鏡手術。定期來院的病患好像吐血，準備要送過來了。」

「緊急內視鏡？」

「對，夜間的緊急手術很少見。」五橋輕輕拂開瀏海，對南投以別具深意的視線。「太好了呢，南醫生！」

「太好了？」

「妳可以觀摩內視鏡手術了。能幫我叫醒妳的指導醫生嗎？」

南沒有立刻回應，並非她沒有聽懂，而是五橋的微笑動人心魄。

慢了一拍，南慌忙站了起來。

隔天早上，前來上班的原田醫院的常駐醫師們，目睹了陌生的景象。

醫局角落，內科醫師正一臉睏倦地刷著牙，而女醫師對著電腦，以布滿血絲的眼睛拚命輸入病歷。

「好死不死，辻先生又回來了呢！」已經聽說狀況的中將，朝南投以同情的目光。「是那個酗酒的病患，對吧？」

「是的，食道靜脈瘤再次破裂。」

南的眼睛因睡眠不足而充血，卻仍抬頭挺胸回答。

中將將熱水倒入茶杯裡，瞥了一眼在醫局角落拿著牙刷大打哈欠的哲郎背影。

「被阿町預言說中了嗎？他說病患拒絕後續治療，堅持出院，所以或許很快又會回來了。」

「是的，雄町醫生也說因為早有預期，不必慌張。聽說，是深夜在居酒屋喝酒的時候突然吐血。」

「老闆一定嚇死了吧！」中將說著，端來兩只茶杯，其中一杯遞給南，問道：「阿薩姆紅茶，要喝嗎？」

「謝謝。」

「病歷內容那樣就夠了，不夠的地方我晚點再補，妳先去休息吧！」

中將坐到旁邊，看了看電子病歷，喝了口紅茶。

「可是……」

「不過，靜脈瘤破裂怎麼會送來我們這裡？夜間的話，不是有急診醫院？」

「說是病患本人要求急救人員送來這裡的，他說原田醫院的醫師知道自己的狀況，要送就送去那裡。」

「渾身血淋淋的病患這樣要求，也只能照做了吧！又被棘手的病人纏上了，很像阿町會遇到的事。」

中將一邊喝茶，一邊從白袍口袋掏出CalorieMate能量棒，擺到南的前面。

「那，看到妳心心念念的內視鏡手術了嗎？」

聽到這個簡短的詢問，南臉上帶著尚未散去的興奮，點了點頭，中將見狀也輕笑出聲向她頷首。

四小時前目睹的鮮紅色內視鏡畫面，現在依然鮮明地殘留在南的眼底。

靜脈瘤出血化成洪流汩汩湧出，由於血量極大，即使剛瞥見出血點，下一秒也立刻沉入血海中，什麼都看不見了。

內視鏡畫面幾乎就像是被暴風雨蹂躪的遇難船隻，若說有什麼地方和真正的暴風雨不同，就是襲來的暴雨和大浪是鮮紅色的，以及床邊通知血壓過低的監視器不停地發出警報聲。

被叫來參與手術的土田，以及從病房趕來支援的五橋，額頭都布滿冷汗從旁協助。不過只要稍微移動視線，便能瞧見哲郎以無異於日常的淡然表情，冷靜地操作著內視鏡。

「出血……止不住……」南顫聲道。

「那當然，血小板低於兩萬了，這數字就連鼻血都很難止住。」

哲郎平靜地應答。

讓手術變困難的問題，不光是出血量，除了靜脈瘤出血以外，胃部還有小潰瘍。

「看這樣子，是連藥也沒吃，不停地灌酒精體內消毒。太慘了！」

哲郎低喃著，迅速注射止血劑，進行結紮術；就像一塊塊堆起小積木那樣，逐步改善狀況。擔任第一助手的南，拚命跟上哲郎的指示。

「還有其他岌岌可危的靜脈瘤，但這樣的生命徵象，去動其他的靜脈瘤實在很危險。可是辻先生願不願意接受日後的治療，實在……」

光是處理眼前的出血，南就快應付不過來，哲郎卻已想到以後的事了。

就在南幾乎是以放空的狀態配合動作時，緊急內視鏡手術結束了。一連串的治療，花了三十分鐘多一些。

從確保視野到手術器材的選擇，以及迅速下判斷到對南與護理師的指示，哲郎的處置只能說是精彩絕倫。

「阿町，你好好睡過了嗎？」

中將關心地問。

正對著鏡子刷牙的南的指導醫師，打著大哈欠回頭。

「嗯……大概睡了兩小時吧……」

拖沓的回答，半點緊張感都沒有。

「看來是難得多彩多姿的一晚呢！」

「讓我想起了大學醫院。那時候這種狀況經常上演，連自己都佩服怎麼有辦法撐過去。」哲郎咬著牙刷說，接著惺忪的眼睛看向南。「還好有個幹練的助手幫了大忙。只要和助手默契良好，內視鏡手術做起來就幾乎沒有壓力。多虧有南醫生，這場內視鏡手術才能成功。」

聽到這話，南不由得自覺到臉頰泛紅。

「啊……我也沒幫上什麼忙……」

「那，阿町今天的工作預定是什麼？我記得下午有大腸鏡檢查，對吧？盂蘭盆節剛過，我沒有外科手術，可以幫你做。」

中將愉快地看著無端全身緊繃的南，說道。

「工作方面沒問題。只要有阿闍梨餅或長五郎餅，我就撐得下去……」

「哪裡生得出那些餅啦！上午的工作呢？」

「上午要巡病房，這邊我還可以勝任。我也才三十好幾而已。」

「什麼意思？這話是在酸我嗎？」

「不不不……」哲郎慌忙地揮手。

「早安！」話音剛落，一顆大爆炸頭走了進來。「町醫生，巡房我來就好了。醫生是我的情緒鎮定劑，可不能讓你太勉強。」

「不，可是……」

「沒關係，你就領情吧！阿町。」走廊倏忽傳來鍋島渾厚的聲音。「一個人能做的事有限，大家互相幫忙。」

院長丟下想說的話，臉也沒露臉就走掉了。

中將悠哉地品嚐阿薩姆紅茶。

秋鹿慢吞吞地服用某種可疑的鎮定劑。

哲郎咬著牙刷，依序向兩人行禮。

南望著這一幕，嘴唇自然地浮現笑意。

這幾個醫生乍看之下毫無共通之處，卻配合得天衣無縫，共同推動著原田醫院這個大齒輪，支持著眾多的病患。

這個事實深刻地滲透到南的心裡。

「南醫生，妳還可以嗎？」

總算放下牙刷的哲郎，問道。

「我很好。反倒是得到了非常寶貴的經驗，謝謝醫生。」

南以充血的眼睛點點頭。

「這樣啊！那太好了。要是讓妳失望，不曉得花垣學長會怎麼說我了。」

睡眠不足的指導醫師，說了讓南窮於回答的話。

「也不光是花垣學長……西島缺乏體貼。天吹也是，雖然年輕，說話卻很直。真是的，他們都因為聰明，所以更難搞呢！」

花垣不用說，其他醫生也是南在醫局的大前輩，這讓她更難以回答。

「我想……一定沒問題的……」

南勉強擠出無傷大雅的回應。

這時，哲郎的PHS響了，他接聽電話，隔了一拍，驚呼：「咦？」他問了幾個問題後，很快地回覆：「我知道了！」便放下PHS。

「盂蘭盆嘛！」

中將說著，似乎已從對話的片段悟出了大概，南則一臉訝異。

「居家護理師打來的，對吧？」

中將繼續探問。

「沒錯。」

「今川女士走了嗎？」

「不，是黑木先生。」

中將端起的茶杯在唇邊停住了。

「二條的黑木阿公走了嗎？」

秋鹿搖晃著爆炸頭回頭，問道。

「他兒子說今早去房間一看，已經沒有呼吸了。」哲郎理正白袍衣領，接著說：

「不好意思，秋鹿醫生，巡房還是麻煩你了。」

「沒問題。可是，黑木阿公走了啊！我一直以為可愛阿公跟貧嘴兒子這一對還能撐上好久呢！」

「我上星期去看的時候也都還好好的……」

「本來好好的，卻說走就走……都是這樣的。」

中將自言自語的口吻，帶有莫名的深刻體會。

「那，我過去一趟。」

哲郎說著站了起來。

「那個……醫生是騎自行車去看診，對吧？請讓我開車載您。」

南幾乎是無意識地叫住了他，而這唐突的提議，讓哲郎顯得不知所措。

「可是，這時間醫生也得回去大學了吧？」

「沒問題的。」南不等哲郎回應，插口道：「值班的隔天，我上午可以休息，只要跟醫局說一聲就行了。我這邊沒問題的。」

南比平時更起勁的聲音，在醫局裡響起。

「嗯，心態值得嘉獎。」坐在旁邊的中將，帶著微笑填補了沉默，她回望睡眠不足的到府看診醫生說：「總比熬了一晚還騎自行車要來得安全吧？」

哲郎搔著摻雜白絲的頭髮，回看學妹。南再次深深點頭，哲郎已經找不到拒絕的說詞了。

沿著四條大道往東前進，越過鴨川後，從川端大道北上。

由於目的地在窄巷深處，南沒有隨便開進小路，而是把車停在街角的小型收費停車場。兩人下了車，在早晨的巷弄前進。

「唉，我真是嚇到了……」

迎接哲郎的勘一，劈頭就這麼說。

「明明昨天晚上都還好好的。我們一起吃了晚飯，兩人互道晚安時，我爸也都有回應我。沒想到……」

勘一消沉地垮著肩膀，難以想像他平時的貧嘴。

哲郎和南穿過古董滿坑滿谷的店面，走到面對屋後小庭院的房間，在病床旁邊等待的居家護理師，默默行了個禮。

床上的黑木勘藏以平時打盹的姿勢躺著，由於本來就沒什麼血色，因此臉色看上去並沒有什麼不同。就只是呼吸停了，聽不見細微的鼾聲，也沒有偶爾帶痰的咳嗽聲。空調聲聽起來比平時更響，更突顯出勘藏已經離世的事實。

「我應該再多留意我爸的狀況才對，都怪我老是口無遮攔亂說話……」

「昨天晚上，他也沒有什麼不一樣的地方，是嗎？」

哲郎確認地詢問。

勘一沒把握地點點頭，冷氣很強，他的額頭卻浮著一層濕汗。

「我就跟平常一樣，還跟他貧嘴說：『老爸你不快點走，我照顧你很累吔！』沒想到他居然真的走了……」

可以感受到勘一有多沮喪，連南都覺得難受起來，但哲郎的態度依舊。

「這樣就好了。」

「這樣就好了？」

「兒子的態度就跟平常一樣，所以勘藏先生也才能像平常一樣安心入睡，在睡夢中離開。」

哲郎執起勘藏乾瘦的手，那瘦到只剩下皮包骨的手，雖然變硬了些，卻還留有一點點體溫。

「走得這麼安詳的人，是很難得一見。如果兒子表現出不同於以往的關心，反常地溫柔慰問，勘藏先生或許會感到不安。由於你就像平常一樣，他才能自然地離開吧！」哲郎說完，放開死者的手，回頭轉向兒子。「這段日子的照顧，肯定非常辛苦。真的辛苦你了！」

哲郎恭敬地行禮說道，一旁的護理師、站在後方的南也立刻跟著躬身。

勘一愣怔了半晌，便虛脫地大嘆一口氣，不知不覺，眼中浮現薄薄的水光。

「謝謝醫生這麼說。」勘一聲音說到一半就啞了，他用手背揩著突然奪眶而出的淚水，露出笨拙的笑容。「老實說，真的好累……不管是煮飯換尿布，還是接送我爸去日間照顧，都好累人……可是，因為有醫生跟護理師笑著聽我抱怨，我才能撐過來，沒有放棄。」

勘一向護理師鞠躬，接著伸手近乎強硬地拉過哲郎的右手，幾乎是頂禮膜拜地抬起，又低頭行禮。

「真的真的，謝謝醫生……」

勘一反覆地說完後，仍好陣子一動不動。

哲郎沒有說話，默默地以雙手裹住那隻手。

南站在房間角落，靜靜地望著這一幕。

上午的陽光照耀下，南駕駛的鈴木 Spacia＊在川端大道往南駛去。

不知是否心理作用，剛結束送火的早晨大馬路，行人似乎比平常少了許多，十分安靜。

副駕駛座的哲郎，將座椅放斜，雙手交握在頭頂，恍惚地仰望著天空。

鴨川沿岸沒有高聳的建築物，天空看起來比市內更加開闊。

離開黑木家的兩人，走著小路到停車場，直接上車出發。儘管只是徒步一小段路，烈日已把人曬得汗流浹背。

南的腦海裡充斥著各種感情、景象與想法，她甚至沒有抹掉頸脖的汗水。

「那個兒子看起來很失落。」

汗水稍稍收住時，握著方向盤的南，說道。

「平常的他，更活潑開朗，嘴巴也很毒，有時還會被他的話嚇到……」

副駕駛座的哲郎，依舊望著藍天，喃喃似地回應。

「這樣啊！看起來一點都不像。」

「他一定是一直繃緊著神經吧！」哲郎幾乎是自語自語地接著說：「為人送終，真的很難……」

對南而言，哲郎這番感慨反而讓她意外。

勘藏的過世確實突然，但同時看起來也非常自然。早晨家人發現時，人已經在床上停止呼吸了。以九十多歲的人而言，算是不可多得的善終。

然而，哲郎看到的或許是更不同的事物。

南偷瞄了副駕駛座一眼，哲郎還是一樣，只是茫茫然地望著天。面對驚人的大出血也面不改色的指導醫師，現在卻對著車窗外露出迷惘、探索的神情。

＊注：Spacia，是二〇一三年由日本鈴木公司開發生產的輕型高頂旅行車，其車名是來自英語「space」之自創字，用以強調寬廣的車內空間。

「人的幸福來自何處……？」哲郎忽然低語道，接著又吐露奇妙的話。「這是我最關心的問題。」

平常他絕對不會說這樣的話吧？是熬夜的疲累、手術的緊張，加上為病人送終後的虛脫，種種情感糾結在一起，讓他偶然有感而發吧？

「或許也能換個說法：『為了盡可能讓更多的人過得幸福，我還能做什麼呢？』當然說這種話，有時會惹來嘲笑。像是醫生能夠做的，就是治好病患，病痛痊癒了，病患就會感到幸福，只要在這方面盡心盡力就夠了。我以前也都如此相信。」

南默默地聆聽，沒有回應。

此時，車子在三條京阪的路口紅燈停了下來，這是京都最繁華的十字路口之一。不同穿著的行人們經過寬闊的人行道，有貌似觀光客的青年、拄拐杖的老婦人、帶小孩的夫妻、年輕情侶等等。左邊鎮坐著朝御所*跪下的高山彥九郎*銅像，就像在守望著他們。

「可是，」哲郎有感而發地繼續說道：「『只要無病無痛就能幸福』，這樣的思路終究會遇到瓶頸。也就是說，那麼得了不治之症的人，全都是不幸的嗎？得了不治之症的人、大限在即的人，就無法幸福地過日子嗎？」

Spacia再次往前駛去，從大馬路南下，很快地抵達了四條大道。在哲郎短暫的沉默期間，Spacia已經右轉，駛過了四條大橋。

在朝陽照射下，鴨川的河面燦爛耀眼。

「就像妳也在原田醫院看到的，世上有太多人得了無望治癒的疾病。失智、慢性心臟衰竭、癌末病患……如果說，疾病就是老化的一種表現，那麼從某個意義來說，所有的人都得了不治之症，問題只在於何時會發作而已。因此，受到疾病折磨的不只有老年人，年輕人也可能會罹患不治之症，也有些人年輕早夭。」

＊注：京都御所，又稱為京都皇宮，從平安時代至明治年間，超過一千年，一直是天皇的居所，現在已成為京都市中心令人印象深刻的地標。

＊注：高山彥九郎（一七四七～一七九三），江戶中期的尊皇思想家，遊歷諸國，提倡勤王思想。

南的Spacia在渡過鴨川後的河原町大道，再次右轉。這卻是回醫院的反方向，她幾乎是無意識地遠離歸途，只因為她還想聽哲郎多說一些。

「即使疾病無望痊癒、即使剩下的時間不多，人還是可以過得幸福，而這也是我的個人哲學。不過為了實現，我能做到什麼呢？我一直在思考這個問題。」

這個問題與其說是對南提出，更像是對著自身確認。哲郎也不是在等待回答，他仍定睛地仰望著天空。

駛入河原町大道的Spacia，背對鬧區不斷地北上，經過本能寺，穿過市公所前，很快地左邊出現了御所的森林。

「醫生為什麼有辦法這樣想？」南問道。

聞言，哲郎終於把視線從藍天轉向駕駛座。

「像我，光是治療眼前的病患就無暇分神了。醫生卻有辦法想到，就算疾病無法治癒，人還是有辦法過得幸福……」

南感覺到指導醫師的視線落在自己臉頰上，努力地試著表達。

「因為我實際遇到過這樣的人。」

哲郎露出微笑，視線再次回到藍天。

「有個女子年紀輕輕就得了重症，留下了年幼的孩子，生病幾年後便過世了，但直到最後都沒有失去笑容。她很早就因為車禍失去了丈夫，接著又是自己生了重病；不管怎麼想，這樣的人生都很悲慘。然而我回溯記憶，浮現腦海的她全是笑容。」

南倒抽了一口氣，她曾耳聞過哲郎幾年前辭去大學醫局的理由。年紀尚輕的妹妹，對抗病魔多年後過世了，哲郎為了養育外甥，不得不辭去大學的醫職。

哲郎剛才那句「也有人年紀輕輕就離世」，乍然沉重無比地浮現心頭。

「她不可能不痛苦，應該是想要盡可能讓剩下的時間變成快樂的回憶吧！實際上，那段回憶成了我很大的救贖。儘管身陷絕望的深淵，卻宛如魔法一般，為留下的人創造了幸福的時光。」哲郎頓了一下，輕嘆了一口氣，接著說：「所以如果能夠，我也想成為那樣的人。」

溫暖的聲音悄然地融化於車中。

這個人格局好大啊！南切真真切切地感受到這件事。不是單純的溫柔，也不只是深思熟慮和冷靜，而是格局過人！南開始領悟到，過多的形容，反而會把這個人的形象框限住。

起初南會覺得哲郎難以捉摸，純粹是因為這名指導醫師，超出自己所認知的醫師框架，無法完整捕捉他過於宏大的輪廓。只要發現這件事，就能看出更多事實。

是花垣建議南去原田醫院研習的，其目的是學習內視鏡。或許花垣還有不一樣的企圖——想讓執著於內視鏡技術的菜鳥醫師，見識更廣闊的世界。

猛然憶起昨晚將焦急毫不遮掩地拿來責備指導醫師。

「醫生不會打算放棄治療吧？」

回想到這裡，南羞慚得雙頰發燙起來。自己是有多麼不成熟啊！

「花垣醫生說，希望您跟他一起去波士頓。」

南就像要甩開那股熱燙，轉移了話題。

「我完全明白花垣醫生希望雄町醫生擔任第一助手的心情了。」

儘管她並非出於深思才如此說，這卻是在內心油然興起的想法。

哲郎沒有回話，只是微微瞇眼。

「我認為醫生應該一起去。」

「我是很感激啦！今早的緊急內視鏡手術能順利，要歸功於各種幸運。有土田和五橋這些資深老手在旁邊，妳的輔助也帶來了很好的緊張感，並不是每一次都能那麼順利的。」

「內視鏡技術當然不用說，但不光是技術而已……」南握著方向盤，將滿溢心胸的想法傾吐出來。「怎麼說呢……我想大概是安心感吧！」

「安心感？」

「在醫生身邊的人，都會覺得安心。病患如此，五橋主任、花垣醫生也是如此，而我自己也有這種感覺。」

說到這裡，南被自己嚇到似地收了聲，哲郎一臉納悶地看著她。

被指導醫師直盯著看，南的臉頰微紅了起來。

「請不要一直看我。」

「啊！抱歉。」

哲郎視線游移了一陣，望向窗外，發出錯愕的一聲「咦」。

「怎麼會跑來御所旁邊？」

「醫生，」南強勢插話。「很累了嗎？」

「不，我還好。反倒是南醫生比較辛苦吧？還陪我到府看診。下星期妳可以休息沒關係。」

「下星期我也會來。不過，下星期的事不重要。」

南用力握住方向盤，說道。

Spacia又一次在大路口左轉，來到今出川大道，這是從銀閣寺連接北野白梅町的東西向大道。

燦爛的陽光從背後射來，照亮了馬路前方愛宕山系的悠遠山脈。

車子前進的方向，怎麼想都不是原田醫院。

「熬了一整晚的隔天早上，妳是要兜風去哪裡？」

哲郎的聲音有些打趣。

「去北野天滿宮。」

南也朗爽地回應。

「去天神那裡嗎？」

「去吃長五郎餅。」

這唐突的提議，讓哲郎眨了兩下眼睛。

「五橋姊說，長五郎餅是雄町醫生最愛的糕點，是嗎？」

「是啊！若問我有什麼東西想要在臨終前再嚐一次，我應該會說長五郎餅。」

「那我們去吃吧！」

「現在？」

哲郎又眨了眨眼，重新望向南。

「就是現在。」

她的回答迅速簡潔。

「……好主意，我贊成。」

個性認真的學妹這意外的提議，讓哲郎愣怔了一下，慢慢地點頭。

就像回應哲郎沉穩的聲音，南稍微踩下了油門。

左手邊的御所，森林鬱蒼繁茂；右手邊鎮坐著同志社大學雅緻的紅磚建築。停在路肩的灰色大公車，是日本共產黨的宣傳車嗎？旁邊一名賣豆腐的男子，拉著手推車悠哉經過。

一如往常的街景，有著五花八門的事物，全都理所當然地同居著。

雖然送火已結束，但京都的市街，盂蘭盆節的活動還會再持續好一陣子。

已逝之人回到老家，和家人重聚片刻後，再次離去。這裡是送行的人和被送行的人，現在仍緊密相連的土地。

在這片古老的土地街道上，小轎車載著兩人輕盈地穿梭而過。

第三話

境界線

洛北*有棟奇形怪狀的建築物。

雖是洛北，也稍微遠離了市區的喧囂。從鴨川的支流高野川再往北行，分支岩倉川後有一座寶池，建築物就在它的池畔。

以鋼筋混凝土建造的這座巨大建築，在自古便以土木打造而成的古都景色當中，顯得十分異質。

*注：洛北區，位於京都市中心北邊，歷史上曾是藝術家和傳統工匠的匯聚之地。不僅有靜美的寺院、綠樹成蔭的街道、古雅的商店和咖啡店，還能欣賞到宏偉的皇家離宮。

要評論它也不是件易事。以強調水平的巨大屋梁，和無數突出的傾斜柱子，這兩種直線結構以幾何式交織而成的樣貌，與其說是摩登更接近奇異，說它嶄新又過於莊嚴。換言之，它擁有和聳立在站前的京都塔相同的要素。

這棟建築物，就是京都國際會館。

如同其名，此處經常成為國際會議的舞台，也是各種醫學會的總會舉辦場地，因此哲郎也來過好幾次。第一次與它相遇，哲郎還在東京當實習醫生，當時他就覺得宛如一艘巨大的航空母艦，觸礁在山水環繞的風雅之地。

九月初旬，哲郎來到這艘觸礁的航空母艦，準備出席在此舉辦的學會。

這場ＪＤＤＷ（Japan Digestive Disease Week）不分內外科，與消化器官相關的五大學會齊聚一堂。在數日的會期內，將舉行各種研討會和演講，是日本醫界屈指可數的大型盛事。

參加人數光是醫師就多達約兩萬人，針對消化器官日新月異的診療討論當中，提出新的手術、介紹新型內視鏡，還有特殊支架測試。

為了能夠接觸到這些最新的知識與技術，哲郎還在大學醫院時，就一定會參與這類全國學會。儘管轉任市內小醫院的現在，這樣的心態依然沒有改變。

也可以說，保持不變就是哲郎的心態。

往年哲郎都會研究議程，穿梭在多個會場，不過今年的JDDW，他想看的演講十分明確。

「花垣學長也太了不起了。」

哲郎在大型會場的二樓座位一隅，喃喃自語。

遙遠的前方，聚光燈照射的講台上，洛都大學的副教授無懈可擊地穿著一襲深灰色西裝，正悠然踱步，進行簡報。

學會第一天，特別演講的講者之一，就是花垣。

演講場地的第三會場，雖然沒有能收容千人的第一、第二會場那麼大，但座位還是一路延伸到階梯座，可容納數百人。

哲郎所在的最後排階梯座，離講台相當遠，所以空位不少。不過往下俯視，一樓座無虛席，也有許多年輕醫師站在牆邊通道，認真聽演講。場內空調應該很強，卻能感受到熱氣籠罩皮膚，這也證明了這場演講就是如此受到矚目。

細看照明調暗的會場，各處都能發現知名專科醫師或名教授的身影。罕見的是，會場右側有幾人扛著攝影機，哲郎在其中找到雜誌編輯葛城的身影。

之所以感到心潮有些澎湃，並不只是懷念起過去的學會活動，更是一個唐突的空想掠過了腦際——如果繼續留在大學，或許站在那裡的會是自己。

哲郎自認為沒什麼野心，但他深知有許多人聆聽自己的工作成果，是一種特殊的經驗，還能帶來充實感及某種快感。

哲郎淺坐在椅子上，靠著椅背，輕搔摻雜白絲的頭髮。

「意外地戀戀不捨嗎……？」

他正自苦笑低喃著。

「原來學長躲在這裡？」

一名頎長的男子在旁邊坐了下來，輕聲說道。明明周圍還有其他空位，黑西裝男子卻刻意坐到他身邊，以若無其事的態度望著講台。

「天吹？」

哲郎訝異地轉頭，看到對方的側臉，忍不住驚呼。

「好久不見了，町醫生。」

晚哲郎五年進入醫局的學弟天吹祥平，露出親切的笑容，行了個禮。

對哲郎來說，天吹是他最親的學弟之一。兩人在大學醫局共事的期間並不長，隸屬於同一個團隊，天吹也是哲郎直接指導的年輕醫師之一。

天吹擁有能承受長時間手術的膽識及體力，內視鏡技術也相當高超。聽說哲郎離開後，天吹在醫局擔任花垣的左右手，逐漸嶄露頭角。

「抱歉，遲遲沒去跟學長致意。之前學長還幫忙修改論文，讓我能順利通過審查，我卻還沒好好跟學長道謝。」

「不用放在心上啦！大學醫生該做的不是登門致謝，而是診療和研究。」

「還有，我們的南也承蒙學長照顧了。一開始她的表情很微妙，最近態度完全不同，好像每星期都很期待去原田醫院。看來，學長又多了個粉絲呢！」

「真是謝了。我看你也愈來愈英姿煥發，已經爬上需要負責的職位了嗎？」

「要顧慮各方面，真讓人心力交瘁啊！」

天吹輕快地帶過，接著從皮包裡取出約蘋果大小的白色紙包遞了過來。

「給學長的禮物。」

哲郎打開紙包一看，裡面是色彩鮮艷的綠色鋁箔罐。

「綠壽庵!?」他瞪大了眼睛。

綠壽庵是位在百萬遍的一家金平糖老店，在這個競爭激烈的時代，這家名店卻近乎固執地專門只做金平糖，貫徹宛如童話故事般的哲學。

「是宇治濃茶口味。感謝學長幫忙我的論文。」

「人生最需要的，就是貼心的學弟了。」哲郎回應。

他喜孜孜地立刻動手拆封，拿起有如黃綠色彗星般的糖果，放入口中。裹上一層又一層的糖蜜，不惜工本，用心製作的這款和菓子，清爽的甜味不必說，豐富的香氣更是絕妙。濃郁芳醇，卻絕不強勢，證明了原料和技術都不尋常。

哲郎笑容滿面地品嚐著和菓子的茶香。

「要吃嗎？」

他愉悅地遞給學弟問道，天吹莞爾地搖搖頭。

會場這時響起一陣笑聲，是花垣展現了他擅長的幽默感。他不僅是優秀的醫生，也是一流的演講者。

「你還特地準備了禮物過來，只是如何能在這麼大的會場找到我？」

「其實我也找了一下，但我相信學長一定會來聽花垣醫生的講演，不過光是這個會場就很大了。」天吹對哲郎笑道：「而且醫生自帶氣場，就算躲在會場這種角落，我也馬上就能發現。」

「花垣學長也好，你也好，好像都對我有什麼誤會。被這樣過度抬舉，也教人有些擔不起呢！」

哲郎聳了聳肩，再拿了一顆金平糖放進嘴裡。

來聽花垣演講的，多半都是視野開闊、熱忱十足的年輕醫師。這樣的聽眾大多會坐在離講台最近的一樓觀眾席，即使沒有座位，也會站在牆邊通道的前方聆聽。

哲郎淡然地待在後方二樓座位，反而讓天吹容易找到。

「這不是抬舉，我到現在依然真心想要從醫生那裡學到更多。」

「總之謝啦！不過，我已經辭掉了醫局的工作，被你發現是無所謂，我盡量不想遇到教授啊！」

「不光是教授，也最好不要被西島醫生看到。」

「西島？我聽花垣學長說，他當上講師以後，愈來愈有存在感了……？」

「西島醫生到現在依然對醫生突然辭職很不諒解。請你千萬要小心。」

「他還真是放不下呢！」

哲郎回想起學弟醫師銳利的眼神，露出苦笑。

西島生性寡默，積極努力，發表了許多論文，但自尊心也很強，做事有些缺乏彈性。他對哲郎有著莫名的競爭意識，經常為了一些小事向他挑起議論。對哲郎來說，並非特別想要親近的對象。

「我不奢望西島喜歡我，只是我都離職了，也不必再把我當敵手了吧？他不會因為我不在，反而把矛頭轉向你嗎？」

「西島醫生當然討厭我啊！對他來說，我應該是個囉唆的學弟吧？可是現在醫生也要多小心。」

「怎麼說？」

哲郎直率地探問。

「理由很可笑，醫生還是不要知道比較好，因為錯不在你。」

天吹露出微妙的表情，搖了搖頭。

「那就無所謂了。」

哲郎又丟了一顆金平糖到嘴裡。

醫局裡複雜的人際關係，哲郎經歷太多了，他不想再去追究那些細節。

「倒是町醫生，你有在認真考慮波士頓的事嗎？花垣醫生特地交代我，要跟你問清楚。」

「叫他不要期待了。而且與其找我，應該你去才對吧？」

「我要留下來看家。」

「看家？」

「波士頓的實況手術，有許多實力派醫局人員跟花垣醫生同行，醫院不能唱空城計。當初預定西島醫生留下來擔任負責人，教授對花垣醫生說希望再留一個人，我就雀屏中選了。」

即使說得輕描淡寫，天吹的感受應該相當複雜。

站在天吹的立場，肯定也非常希望跟著花垣一同前往美國。另一方面，被指名留守，也代表受到花垣特別的信賴。只要能順利達成任務，天吹在醫局的地位也會大幅提升。

「教授也很有識人之明嘛！西島儘管聰明，比起臨床醫生，更像個研究家。要他扛起花垣醫生的職責，負擔也太重了。」

「雖是重責大任，但我會確實做好，所以我很希望醫生能去波士頓。」天吹原本壓抑的音量變大了些。「然後，希望醫生可以回來大學。這麼想的不光是花垣醫生而已，像我這樣知道醫生以前在醫局的表現的人，大家都這麼想。」

哲郎沒有回應，卻彷彿被天吹的聲音牽引，許多記憶浮現腦海。

他曾經和花垣兩個人，拚命完成超過十小時的內視鏡手術，也曾為了一例病人的內視鏡照片討論到深夜。他也在全國學會的會議上贏得聽眾的關注，因為在座談會上質疑偏頗的發言。

僅是短短五、六年前的事，總感覺卻好遙遠。

此時，會場掀起一陣騷動。

正面的投影螢幕出現了一名幼童的內視鏡手術照片，身高比內視鏡全長更小的男童，在麻醉下接受手術的影像震撼力十足。

「六歲男童的ＥＲＣＰ嗎？花垣醫生還是老樣子，勇於挑戰困難的手術。」

「是受到最近外科有愈來愈多肝臟移植病例的影響。過去需要賭命再次動手術的小兒閉鎖性黃疸，現在漸漸可以用內視鏡處理了。」

「開拓出新的可能性了呢！花垣醫生果然非比尋常。」

「花垣醫生還大有可為。」

天吹以純粹的眼神注視著站在遙遠講台上的副教授，他的目光就這樣移向哲郎。

「醫生也應該繼續往上爬。」

哲郎沒有問為了什麼，他清楚這個問題相當刁鑽，連自己都覺得奇妙，甚至無法釐清內心的動搖是留戀，還是感傷。

過去拋棄私生活，全心投入的最先端醫療，現在卻感覺異常遙遠。遠離以前看起來那般耀眼華麗的世界，默默走向餘命有限的病患身邊，連自己都覺得恍如隔世。

這表示世界遼闊了嗎？哲郎帶著感慨嘆了一口氣。

驀然天吹小聲喊了聲：「醫生。」提醒他留意。抬頭一看，天吹以目光指示同樣二樓座位的門口。

門剛好被打開，眼熟的西裝清瘦男子走了進來。哲郎瞬間在腦中尋思那是誰，立刻就想到了。不是別人，就是剛才聊到的西島。

西島站在陰暗的通道望著座位，思考要坐哪裡。西島本來就顴骨突出、眼神銳利，看上去儼然是正在搜捕犯人的刑警。

「看來最好該撤退了。」

「他還沒發現，趁現在快走吧！」

哲郎點點頭，彎身站了起來，回頭一瞥，一名嬌小的女子跟在西島後面也走了進來。那個略低著頭的陪伴人影看起來像是南，但不確定。

哲郎沒把握地離開了會場。

九月即將步入中旬。

這個時節用不著說，餘暑依然逼人。不過黎明時分的巷弄，或偶有的驟雨之後，有時會散發出些許秋意。在這微妙的季節，胡枝子開始點綴東山古剎的參道，澤蘭也在洛北的田園搖曳著。

不過，無論殘暑熾烈還是緩和，院內例會的氛圍都不會因此改變。而能夠左右例會氣氛的，並非時曆，而是病患的病情。

「來吧！這週的預定。」

晨間例會隨著鍋島一如往常的吆喝展開，卻伴隨著一反常態的緊張，因為發生了一些棘手的狀況。

「中將，松山女士恢復得怎麼樣？」

鍋島叫晚輩外科醫師「中將」而不是「亞矢」，顯示這件事的狀況非比尋常。

「目前勉強還可以。」

中將以平淡的語氣回應，在螢幕叫出病患的投影片。

松山儷子是上星期進行腹腔鏡大腸癌手術的高齡病患，術後恢復並不理想，懷疑有可能是吻合不良，也就是腸管相連的部分或許快鬆脫了。

「需要重新手術嗎？」

「希望不會。」

如果腸子沒有順利連上，就需要再次動外科手術。站在外科醫師的角度，這是最想避免的狀況。

「沾黏比想像中的更嚴重。」鍋島沉吟地說：「而且病患年紀大了，本來以為可以不用剖腹手術，就已經是上上大吉了……」

「我沒有藉口。如果必須重新手術而剖腹，就沒有意義了。」

中將面不改色，回答近乎冷漠。

據手術室的護理師轉述，當手術的狀況愈是慘烈，中將的臉色就愈蒼白，汗水也會完全收住，散發出宛如白瓷般硬質的冰寒。

「與大汗淋漓的鍋島完全相反，讓人搞不懂現在到底是冷還是熱。」

哲郎回想起曾經有人如此嘀咕。

「秋鹿，你那邊呢？」

鍋島叫前精神科醫師「秋鹿」而不是「小淳」，也十分不尋常，不過哲郎已聽說那非一般的狀況了。

上星期定期來看秋鹿門診的高齡病患，在住家燒炭自殺，被緊急送醫。那是一名肺癌末期病患，對癌症沒有進行任何治療。雖然診療就只是觀察，由於病患原本就有憂鬱症，因此轉給秋鹿處理。

「病患在門診看起來很平靜，沒想到急轉直下。」鍋島說。

「倒也不是，最近病患的呼吸明顯愈來愈吃力了，身心壓力都非常大。以某程度來說，這是無法避免的發展。」

秋鹿以平時的超然態度回應。

秋鹿說話語調平板，在大黑框眼鏡的遮掩下，看不清楚表情，有時會被誤以為缺乏熱情。不過這絕非事實，他精神科醫師的出身背景，反而讓他能基於紮實的經驗做出合理的判斷。

「救得回來嗎？」

「一氧化碳中毒這部分是沒有問題，肺癌卻惡化得相當嚴重。不惜在大熱天關在密室裡燒炭，無疑就是想離開這世界。究竟能治療到什麼程度，是個困難的問題。」

「就是說呢！」

「我打算連絡病患家屬，再看決定怎麼做。」

秋鹿語氣冷淡地交代。

秋鹿的門診有不少憂鬱症和思覺失調等精神疾病的患者，如果只有精神疾病，交給專門醫院就行了，但同時罹患癌症等內科疾病的人，精神科醫院處理不來，有時會轉診給秋鹿。因為精神疾病而引發的危險狀況，實在是防不勝防，而他默默地承受並處理這樣的弊害。

巧的是，在中將面對嚴酷的局面時，秋鹿也遇上了困難的病例。

「有什麼我幫得上忙的地方，請跟我說。」

哲郎緩緩開口。

「太感謝了！有需要的話，我是不會客氣的。」秋鹿回應，接著問道：「可是，町醫生自己也有個相當難搞的病人吧？」

「難搞的病人？」

「那個酒鬼啊！社工綠川先生一個頭兩個大。」

「哦——！」

哲郎卸下緊張，那件事沒有中將和秋鹿的病人那麼緊急。

「酒鬼？是那個食道靜脈瘤破裂的辻先生嗎？」鍋島挑了挑粗眉探問：「不是說上次的緊急內視鏡手術以後，沒有再次出血，漸漸康復了嗎？」

「身體狀態是很好，但接下來才是問題……」

「什麼問題？」

「辻先生本來經濟就有些困難，綠川先生為了讓他能穩定治療，建議他申請生活補助……」哲郎搔著頭髮，嘆了一口氣。「但本人拒絕了。」

「拒絕？」

「他說，自己都活到這把年紀了，不想給別人添麻煩。」

「都給醫院惹了這麼多麻煩，卻在奇怪的地方自尊心很強呢！」

鍋島一臉傻眼。

「綠川先生也說，第一次遇到這樣的案例。總之，這次也沒辦法進行後續治療，他在上週末出院了。」

「或許不緊急，只是不曉得哪天又會被送來，也沒辦法太悠哉。」

鍋島說的沒錯。上個月辻新次郎因第二次的緊急內視鏡手術，勉強保住了一命，後來由於黃疸與腹水惡化，治療了超過兩星期才出院。

全身的狀態終於改善後，哲郎向他說明後續治療與申請生活補助事宜。

結果辻咧著參差不齊的牙齒，露出一抹苦笑

「可以讓我這樣就好嗎？醫生。」

磨擦下巴的鬍碴笑著這麼說的辻，態度很自然。也因為太自然了，哲郎不知道該如何反駁，只得任由辻就這樣出院了。

「他好像願意服用最起碼的處方藥，定期回診，我沒辦法強迫他更多。」

「這太扯了。」

鍋島發著牢騷。

「那個病人說得那麼好聽，不就是他把現場搞得雞飛狗跳嗎？直接吼他，叫他少說蠢話，乖乖接受治療就行了吧？醫生可不是義工。」

中將冷若冰霜的聲音，比平時更為鋒利。

雖然這話毫不留情，卻是站在醫生角度的坦率意見。

「我是很想這麼做……」

「我開玩笑的，町醫生才不可能這麼做。」

儘管毒舌，還是知道適可而止，這也是中將的優點。

「聽到那麼任性的話還不生氣，阿町的忍耐力真教人佩服，我實在學不來。總之，你絕對不要為這件事莫名煩惱。」

中將的口氣粗魯，字句裡卻都帶著關懷。

「亞矢就連這種時候還是這麼溫柔呢！」

「院長又性騷擾了，我要跟理事長告狀。」

「也太嚴格了吧！大將。」

「是中將。」

輕鬆的拌嘴，告知例會已結束。

哲郎目送著醫生們離開會議室，仰望房間天花板。

中將和秋鹿都各自面對困難的病人，哲郎也扛著難以定奪的病例；每個人都是經驗老道的醫師，但並非歷練豐富就能控制所有的狀況。

不管是努力、技術，還是經驗，當然是愈多愈好，不過這些也不是萬能，畢竟醫生面對的是「人」。

哲郎看著天花板，從口袋裡掏出一只小藥盒，將一顆內容物丟進嘴裡。裡頭裝的不是頭痛藥也不是鎮定劑，而是前些日子天吹送他的濃茶味金平糖。他把剩下的金平糖裝進藥盒裡，隨身攜帶。

清爽的茶香在口中擴散開來，稍微拂去了籠罩的鬱悶空氣。

哲郎嘆了一口氣，把藥盒收進白袍口袋裡，站了起來。

一早就以內容沉重的例會展開，今天異常忙碌，診療之間完全沒有空檔。

若是平常的話，到了傍晚門診和手術都會告一段落，醫生們在東山的稜線染成橘紅色時，就會回到二樓的醫局。現下都到了夜幕低垂，卻只有哲郎一個人回來而已。

時間已是晚上七點。

上午門診拖到很晚，接著直接進行下午的大腸鏡檢查，傍晚時分又難得有急診，忙到連吃午飯的時間都沒有。

哲郎連絡龍之介說明自己會晚歸後，就在醫局吃起泡麵。

事實上，忙碌的不只哲郎一個人而已。中將的病患恢復狀況似乎難以捉摸，外科團隊默默地持續處在緊張中；秋鹿也是，可能是試圖輕生的病患狀況尚未穩定，現在人還在病房。

整棟醫院籠罩在緊繃的沉默氛圍，彷彿正屏息窺看著黑暗。

吃著泡麵的哲郎，思緒散漫無章地低徊著，繞到了在例會也成為話題的辻身上。

辻拒絕生活補助的面談，就發生在一星期前。

「可以讓我這樣就好嗎？醫生。」

色調亮白的面談室裡，辻新次郎平靜地請求道。

不怎麼寬闊的室內，除了主治醫生哲郎以外，還有主任護理師五橋，以及社工綠川，三人圍繞辻坐著。

「我不要領生活補助，這樣就好了。」

「可是以你現在的生活，連藥錢都有問題，也難以定期接受檢查。」

聽到辻的回答，哲郎不得不反駁。

「所以能不能請醫生開給我負擔得起的藥就好呢？我會乖乖吃藥的。」

「但是辻先生……」綠川探出身體。

辻的病情光靠服藥控制有限，往後也必須定期內視鏡檢查及後續治療。以辻目前的經濟狀況，不可能負擔得起。不過只要申請生活補助，就能接受充分的治療。

綠川諄諄勸說的聲音，反映出他誠懇的個性。不光是懇摯，綠川在院內也是出了名的有耐性。

然而，辻左右搖晃著長了鬍碴的下巴，轉向哲郎。

「醫生，我是個廢物。我那口子走了以後，每天就只知道藉酒澆愁。」

辻搔著耳朵，低下了頭，就像在尋思該怎麼說。

「我從來沒有拿別人的錢去喝酒，是有借過錢，但一向有借有還。自己的爛攤子自己收拾，這是我唯一可以拿來說嘴的事。」

辻慢慢地再次將視線移回哲郎身上。

「都到了這把年紀，卻還要我依靠別人，這豈不是太殘忍了？」

「以辻先生現在的狀態，治療完全不夠的。」

「我也是有自尊的，醫生！我不是說那些拿生活補助的人沒自尊，而是說我生病是自作自受。」辻用力地強調說，他以苦澀的眼神看著哲郎。「生活補助是給那些逼不得已無法生活的人領的吧？但我不是，那不是我這種人可以隨便領來用的。這種重要的制度，要留給需要的人，不是嗎？」

哲郎也沒想到居然會在這樣的地方，聽到有人說出無懈可擊的正確言論。

原來辻是這樣的人？哲郎沉默地聆聽著。

「酒我已經戒不掉了。這麼寂寞的世間，要我怎麼清醒地活下去？我只想領我付得起的藥，若身體撐不住了，讓我去找老伴，就這樣吧！」

「雖然你這麼說，但也不是說想走就可以輕鬆走掉的。」哲郎耐性十足地勸解道：「就像搭電車都要經過驗票口，要走的時候，都必須經過醫院。要是想到就跳上車，負責驗票的我們也會很辛苦的。」

「醫生的比喻還真有趣。」

「而且對於突然送來的病患，我們也不可能先檢查存摺再治療。」

「我根本就沒有存摺，身上錢包裡的錢，就是我的全副身家了。除了拿來當身分證的過期駕照以外，沒有信用卡也沒有存摺。還是乾脆我在駕照背面寫下身上大概有多少錢？這樣醫生也可以省掉麻煩吧？」

辻發出乾笑。這邏輯實在離譜，但辻自然的態度，反而震懾了主治醫生。

「你每次吐血，我和護理師們就要手忙腳亂，請替我們著想吧！你說你不想麻煩別人，這不是矛盾了嗎？」

「那是沒辦法的事。」

「沒辦法的事？」

「醫生被我這個惡質的病患給纏上了。請認命吧！」

哲郎聞言都傻住了。

這個回答出乎意料，聽起來甚至是痛快。

「我被送來這裡時，醫生沒有生氣，也沒有訓話，只對我說：『沒事的。』我第一次遇到這樣的醫生。」辻平穩地說完，搔了搔脖子，訥訥地繼續開口：「酒鬼只要上醫院，就一定會挨罵，被說是廢人，對吧？可是醫生沒有把我當廢人，而是把我當人看。我覺得在醫生這裡，我可以安心離開。」

面對這樣的辻，五橋不用說，綠川也只是默默守望。

「可以讓我這樣就好嗎，醫生？」

辻臉上浮現靦腆的笑，他的要求不管怎麼看都不合理，哲郎卻無法反駁。

辻似乎早就把盛裝合理的容器不曉得塞到哪裡去了，但沒有自暴自棄的無理取鬧；有著深切的豁達，但沒有陰暗的絕望。

宛若逍遙的旅人，在人生的終點站，悠哉地等待開往另一個世界的列車。

在一段沉默之後，辻以龜裂的嘴唇露出客氣的笑。

「謝謝你，醫生。」

「我什麼都沒說啊！」

哲郎搔著少年白的頭髮，辻笑著注視他。

「感謝你，醫生。」

辻雙手撐在桌上深深行禮，就這樣低著頭久久沒有抬起。

「感謝啊……」

哲郎把吃完的杯麵容器放回桌上，嘀咕道。

「我也是有自尊的，醫生。」

辻沙啞的聲音殘留在耳底，散漫的情景在腦中穿梭，哲郎內心也有迷惘。

坦白說，如果辻又突然被送醫，除了盡力治療以外，他別無選擇。至少在現今的日本，沒有醫師會先評估病患的財力，再決定醫療內容。

可是……。哲郎把就要收起的思索，重新攤開來。

這樣是對的嗎？辻笑著躬身的模樣，就像熊熊烈火般在胸口深處搖曳。

真傷腦筋！哲郎輕嘆著，坐到沙發上，掏出藥盒，將金平糖放入口中。

南醫生的話，會怎麼回答……？這個想法毫無脈絡地閃過腦際。對凡事都嚴肅面對的這個學妹，一樣會以治療為優先嗎？還是會尊重病患的意願？

想到這裡，哲郎對思考的內容感到困惑。怎麼會想到這麼奇怪的事？他輕輕搔了搔頭髮，再塞了兩顆金平糖到口中。

和南漫步天滿宮，已是近一個月前的事了。當時熬了一整晚，記憶有些模糊，腦中只留下似乎很歡欣的印象，以及走在前方的南搖晃的秀髮。

「真是邪念……。」

哲郎刻意說出聲來，打算中斷思緒。

不管堆砌再多的思索磚塊，磚塊本身若過於粗糙，隙縫會太多，很快便會倒塌。仔細想想，儘管為了辻的事如此苦惱，花垣邀他一起去波士頓的事，幾乎不在哲郎考量的範圍內，這也表示那個問題從一開始就有了結論吧！

「吃泡麵啊！真是難得吔！町醫生。」

聲音從天而降，抬頭一看，前精神科醫生的爆炸頭映入眼簾。

「這不是晚飯，是午餐嗎？」

問題中帶著關心，哲郎努力收回疲態。

「秋鹿醫生才是辛苦了。那個病患怎麼樣了？」

「目前精神方面已穩定下來，只是呼吸愈來愈困難，所以朝增加麻醉性止痛藥的方向調整。這樣一來……」秋鹿說著，從櫃子取出杯子，裝了自來水。「或許就很難再回來了。」

說完，秋鹿緩慢地從口袋裡取出小藥盒，將藥錠放入口中。和哲郎的不同，那不是金平糖，而是無庸置疑的鎮定劑。

「醫生也很累嗎？」哲郎問。

「說不累是騙人的，但和外科比起來，還算是好的。」

秋鹿慢慢地搖頭回應

「中將醫生好像一直守在HCU呢！」

「她說今晚要決定是否重新手術。」

秋鹿把杯中剩下的水一口氣喝光，看向浮現民宅及公寓燈火的窗外。

「町醫生，怎麼樣？要不要去院外休閒一下？我好像也想散散心，要是町醫生能奉陪我小酌一杯，我會很感激。」

這提議相當突然。院內的休閒哲郎偶爾會同席，但秋鹿很少邀他去院外喝酒。

「醫生難得會這樣邀約。」

「當然要看龍之介的狀況，看監護人方不方便晚歸。」

「這部分我想沒問題，他甚至擔心我怎麼每天都那麼早回家呢！」

哲郎笑著站了起來。

走出醫院，月亮正掛在東山上。

中秋名月早已過去了。白天仍是夏季的地盤，一到夜晚，晚風、月亮、山邊都開始隱隱呈現出季節的變化。

今年沒吃到賞月糰子呢！哲郎興起古怪的感慨。

秋鹿帶著哲郎領頭往前走去，沒多久，來到行車眾多的四條大道北側，接著鑽進複雜的巷弄裡。

雖說京都的道路呈棋盤狀，但井井有條的大馬路之間，也有道路縱橫穿梭，其中更有無數連地圖上都找不到的無名小巷。

秋鹿靈巧地挑選連哲郎都不曉得的巷弄往前走，從蜿蜒曲折的石板小徑，到張開兩手就會碰到兩側圍牆的狹窄巷弄都有。

穿過感覺像民宅土地的籬笆之間，越過某間寺院的境內，偶爾走出到大馬路，又穿越嵌在木板圍牆擺放佛像的佛龕旁，走過連路燈都沒有的路。

仰望頭頂，只看見將長條狀的夜空再斜切開來的電線，以及一輪明月。

如此這般迂迴抵達的地方，是閃爍著原色霓虹燈與有許多可疑立式招牌的巷道。

散發昭和復古風情的褪色招牌上寫著〈Bar侵略者〉，旁邊有通往地下的陰暗階梯。那是哲郎一個人絕對不敢踏入的詭異空間，秋鹿卻落落大方地走下去。

地下木門的內部也十分獨特，在整體光線昏暗的店內，滲透著帶紫的光芒。正面有站著酒保的吧台，右側並排幾張低矮的方桌座位，左側則非常寬敞，牆上掛著以炫麗的燈飾所點綴的飛鏢盤。

因為是星期一夜晚，幾乎沒有客人，只有一對年輕情侶在玩飛鏢。

兩人在吧台附近的方桌面對面坐下，哲郎乍然破顏微笑。

「我知道這家店為什麼叫『侵略者』了。」

平坦的桌面中央嵌著螢幕，閃爍著〈太空侵略者*〉的LOGO，仔細一看，桌子兩側附有黑色操控桿和紅色按鈕。原來桌子本身，就是據說在昭和時期風靡全日本的老遊戲機臺。

「這是『太空侵略者』的框體*吧！」

＊注：太空侵略者（スペースインベーダー），由日本太東公司於一九七八年發行，是電子遊戲史上第一款固定射擊類遊戲，並開啟了大型電玩黃金年代。

＊注：框體，是由機器的外殼（通常是木製品）和內部電子元件所構成。

「町醫生居然知道『框體』這個詞。」

「我國中時也混過電子遊樂場。沒想到，現在還有能玩的大型電玩機臺。」

「聽說店內的四台都還可以玩。」

在秋鹿催促下，哲郎張望著室內，發現四張桌位全是遊戲機臺，每張桌面都發出淡淡光芒。

「那邊還有大蜜蜂*和鐵板陣*。」

太內行的內容哲郎就不懂了，然則儘管不甚瞭解，秋鹿說話的口吻，隱約流露出熱情，十分有意思。

「小淳，今天帶朋友來？」

一道聲音響起，貌似老闆的女子走了過來。

「花怜小姐，晚安。承蒙照顧了。」

秋鹿稱為花怜的女子，一身正式酒保打扮，白襯衫、黑背心加蝴蝶領結。身形高䠷，媲美模特兒，腰線也很高。雖然一身黑白單色服裝，極短的頭髮卻染成了鮮紅色，同樣艷紅的口紅令人印象深刻。

「小淳居然帶朋友來，真難得。」

「是每天照顧我的醫生，這次是招待他來。」

「太棒了！」

女子眨起一眼說道。

哲郎連忙頷首致意。

「小淳喝一樣的？」

「對，野牛草伏特加Shot＊。町醫生要喝什麼？」

就算被這麼問，哲郎一時也答不上來。

＊注：大蜜蜂（ギャラガ），由日本Namco所推出，是一款以宇宙戰鬥為背景的固定畫面射擊遊戲。

＊注：鐵板陣（ゼビウス），由南夢宮於一九八三年推出的經典射擊遊戲，具有歷史性地位。

＊注：野牛草伏特加，是來自波蘭的風味伏特加，每瓶都含有野牛草的葉片，是世界上第三暢銷的伏特加品牌。「Shot」，是指將烈酒直接倒入小酒杯中，一次飲盡的調酒方式，通常是單一烈酒。

在大學醫院時，他也不是沒上過酒吧或俱樂部，但比起在昏暗的光線裡喝酒，他更喜歡坐在古寺的境內品嚐糰子。

「有什麼喜歡的口味嗎？」花怜問。

「町醫生熱愛甜食。」秋鹿回答。

「喜歡甜的啊！這裡沒有白豆沙和菓子和抹茶，不過沒關係，交給我吧！」

她輕鬆地說完，便轉身離去。

在這段期間，秋鹿從錢包裡掏出零錢，投入機臺側邊，接著桌面螢幕切換，清脆的電子音組合而成的遊戲音樂，便響了起來。

「不好意思，我每次來都要打一局才甘心。」

「請便。」哲郎笑著環顧店內。「不過，居然有這樣的地方。我都已經在京都住了五、六年了，看來還是有很多驚喜。」

「這個城市與其說是大，倒不如說是深，非常地深邃……」

秋鹿的眼鏡鏡片反射著螢幕發亮的遊戲LOGO，閃爍著藍光。很快地，整齊列隊的侵略者出現，遊戲開始了。

「這座老城市的表層，保留著各種歷史悠久的建築物，而那些都是為了接待客人而陳列的東西，就像是古董。不是說古董不好，只是生活如果被古董掩埋，那就不是活生生的城市，而是博物館了。我反倒覺得由於老東西沒有變成古董，仍在日常中活躍，這座城市才因此這麼有趣。」

秋鹿以平時說明病患病情的語調陳述著。

每當他的手操縱桿子和按鈕，畫面上的小型砲台便輕快地左右滑動，精準地擊落逼近的侵略者。

「所以若只是在表層漫步，很難見識到這座城市真正的樣貌。必須發現隱藏在各處的入口，探索深層才行。」

「入口嗎？」

「就是不會寫在觀光手冊上的。要試著挖掘這類祕密入口，然後下去深處。如此一來，就能發現為何這座老城市現在依然如此生機盎然。」

就有這時，花怜走了回來，將一只約雞蛋大小的 Shot 杯放到桌上。一看就是極冰涼的杯子，在照明與螢幕光線照耀下，散發出妖異的光芒。

「新舊雜亂混合，化為獨特調酒，帶來嶄新滋味；就是這樣一塊土地。」

「有道理。」哲郎低笑道。

昭和的侵略者遊戲機臺上方，擺著 Shot 杯的景象，完全就是這段話的象徵。而且杯中散發出淡淡的香草氣息，似乎不同的時代與國籍都交融在一起。

秋鹿將畫面上的侵略者一掃而空，過了第一關，剛好杯緣裝飾著萊姆的涼爽雞尾酒也送來了。

「這杯波蘭雞尾酒 Szarlotka，是用蘋果汁兌小淳喝的野牛草伏特加所做成的。」

花怜說著，在杯子旁邊附上一個小碟子，碟子上盛著兩塊黑黝的立方體。「這是招待，之前客人送的『夜梅』。」

「虎屋的羊羹嗎？」哲郎忍不住驚喜。

虎屋的羊羹，是哲郎在東京時最喜愛的甜點之一。虎屋是遠近馳名的和菓子名店，不過原是京都創業的老字號。

「伏特加與和菓子其實滿搭的喔！小淳難得帶朋友來，所以特別招待。」

花怜輕聲說完，便回到了吧台。

「秋鹿醫生很受喜愛呢！」

「喜愛嗎？有點不一樣吧！花怜給我的不是愛，而是勇氣。」

秋鹿說完這奇妙的話後，端起酒杯。哲郎也拿起杯子，回應乾杯。

喝了一口，哲郎困惑不已。雖是伏特加調酒，口感卻十分溫和，清爽的香草芬芳竄入鼻腔，加上蘋果汁的風味，爽口得驚人。

吧台另一頭驀地傳來歡笑聲，是正在玩飛鏢的情侶。

「秋鹿醫生常來這裡嗎？」

「每星期都會來。若遇到像這次這種棘手的病患時，每天都來。」

秋鹿已經開始挑戰下一關了，每次按下按鈕，侵略者便灰飛煙滅，敵人明明不斷地移動，卻宛如靜止般輕易地被擊落。

「醫生這份工作，對我負荷太重了，但我又沒有別的一技之長，只好繼續幹這一行。微薄的勇氣一下子就枯竭，我得經常過來這裡，請花怜分一些勇氣給我，免得變成一個沒用的膽小鬼。」

秋鹿斷斷續續，宛如自言自語地陳述著。

哲郎並不想輕率地探究這番話的背景，因為這名奇妙的精神科醫師的人生，恐怕超越了哲郎所能想像的範疇。現下只需要在這處奧妙的地下基地，好好地享受難得的愉快時光。

秋鹿又輕鬆過了第二關，他將高純度的酒精一飲而盡，對著吧台要求再一杯。

「『只要活著，總會遇到好事。』我常聽到這樣的話。」

秋鹿語調平板地又說下去，他的眼睛依舊緊盯著桌面螢幕。

「當然，對大多數的人來說，這或許是事實，但也確實有人並非如此。」

「並非如此……？」

「對有些人來說，活著就是地獄。比方說，受不了照顧失能的母親，想要殺了母親再自殺的老邁兒子、活在丈夫家暴恐懼中的妻子、日常遭到父親性侵的女兒……」

秋鹿以淡漠的語氣，描繪出異樣的世界。

哲郎盯著螢幕一動不動。

秋鹿敲打按鈕的聲音迴響著，每按一下，就有一隻侵略者消失。

花怜又走回來，將第二杯 Shot 擺到機臺的角落。

「在上一個職場，我看過許多站在瘋狂邊緣的人。不，我也實際遇過被瘋狂吞噬的人。那些人讓我想要對他們說：『沒關係的，你可以死了。』」

「……真是教人難以置信的世界。」

「對許多人來說，那也是沒必要去相信存在的世界。拚命過完每一天的人，沒有必要去理解活著就是地獄的人的世界，也不可能理解。就像健康的年輕人，無法體會癌症病患的痛苦與恐懼。瘋狂和死亡，對一般人來說，是無關的世界。不過……」

畫面角落，倖存到最後的侵略者被粉碎了。

「醫生卻不是如此。」

畫面再次浮現過關的文字。秋鹿趁著這段空檔，伸手再次拿起酒杯，灌水似地喝下酒精，然後又回到遊戲。

哲郎彷彿被他獨特的節奏吸引，一樣喝著酒，拿起竹籤切開小碟子上的羊羹，將一小塊光澤動人的和菓子送入口中，整個舌頭彷彿要被那觸感吸住。

花怜說的沒錯，小倉羊羹不過分清爽、也不過於甜膩的豐腴甜味，和伏特加特殊的香氣搭配起來，堪稱絕妙。

「我是見識到瘋狂的深淵並逃離那裡的敗將，沒想到逃避之處，卻有著像你這樣的醫生，平淡地面對死亡。不管是瘋狂還是死亡，它們所飄浮的宇宙，都在人得以存在的極限之外。若是輕率靠近，就再也回不來了。不，甚至會失去回來的意義，就算有再多勇氣都不夠。」

是酒精影響吧！秋鹿一反常態地滔滔不絕，砲臺的火力卻愈來愈精準。他擊破侵略者，閃過敵方砲彈，同時也不放過偶爾出現的藍色幽浮。

哲郎看著遊戲螢幕，喝著 Szarlotka 調酒，吃著虎屋的羊羹。

哲郎曾耳聞，秋鹿會從精神科轉到內科，是因為某起殘酷的事件。鍋島含糊地提及，那是一件有多人喪命的憾事。雖然哲郎不知道詳情，卻也不想深入打聽，更不認為自己有資格聞問。

既然不問，就只好等本人自己來傾訴了。

「或許，我反倒是想要更瞭解死亡。」

哲郎沉靜地開口。

原本大殺四方的砲臺，忽然遭到敵方砲彈直擊摧毀。秋鹿微微聳了聳肩，沒有抬頭，接著恍若無事地繼續打遊戲。

哲郎也依然盯著畫面。

「每次為病患送終，我都會想：他們到底看到了什麼？我想知道更多。只要對死亡瞭解更深，或許就可以更有自信地鼓勵面對大限的病患，讓他們安心，並告訴他們：『不用怕！』」

「你這個人真是……」

秋鹿的嘟囔被身後再次響起的歡呼聲打斷了，牆上的飛鏢盤發出熱鬧的電子音，閃爍個不停。

「醫生是真正的勇者呢！真心想要攻略存在的極限。」

秋鹿繼續動著搖桿感嘆道。

「沒那麼誇張。」

「不，就連勇者鬥惡龍*的歷代主角，可能都沒你這麼勇敢。不過請小心啊，一旦攻略了存在的極限卻因此迷了路，真的會回不來。不是成為教祖，就是變成瘋子，要不然就是上吊自盡。」

「沒問題的，醫生不也好好地回來了嗎？」

「我回來了……？」

「秋鹿醫生之所以這麼溫柔，是因為你見識過瘋狂的深淵啊！今天你也巡房到那麼晚。你才是比我更有勇氣的真正的勇者。」

砲台再次爆裂四散。

這回秋鹿從螢幕抬頭，瞠目地回看哲郎。總是散發出超然氣質的前精神科醫師，難得露出這樣的表情，他甚至沒有把滑落鼻梁的眼鏡推回去。

秋鹿又啞然了幾秒鐘，接著臉一皺，哈哈大笑起來。

「我說醫生是我的情緒鎮定劑，得訂正一下了。天啊！你真是不得了的劇藥。」

秋鹿似乎把哲郎的話當成一種幽默的玩笑，哲郎卻很認真。

秋鹿平日工作時，彷彿對他人漠不關心，實則觀察相當入微。他細膩地關心病患，總是掛念中將、顧慮哲郎，不著痕跡地覺察身邊所有人的情緒，並付出關懷。甚至擔憂龍之介獨自一人坐在醫局，主動陪他玩耍。

之所以能做到這些，或許是因為秋鹿自身去過絕境之淵。

哲郎總覺得心田一陣暖意，一口氣喝完剩下的 Szarlotka。

＊注：勇者鬥惡龍，是代表日本的角色扮演遊戲（RPG），玩家將扮演主角為打倒危害世界的魔王，而展開壯闊的冒險。

「再來一杯？」

花伶的聲音響起，秋鹿立刻說再一杯，哲郎也附和。

「我好久沒看到小淳這麼開心的樣子了，謝謝你！」

花伶一邊收拾著杯子，一邊在哲郎耳邊細語。

「我才得向花伶小姐道謝，伏特加和虎屋真是絕配。」

聽到哲郎這話，花伶再次朝他眨了一眼，轉身回到吧台。

這年頭，做這種動作卻不做作的女性，或許已難得一見了。

朝桌子對面一看，秋鹿正從錢包裡掏出新的零錢。

「我可以再打一局嗎？」

秋鹿詢問的眼神，因適度的醉意而變得柔和，哲郎也端著杯子朝他點頭。

幾名新的客人走進來，燈光昏暗的店內，乍然充滿了活力。哲郎閉上眼睛，感受自己委身於活潑的喧囂當中。

這天晚上，中將的病患順利度過再次手術的危機，病情漸漸改善，一星期後終於出院了。

而秋鹿那名自殺未遂的患者，為了緩和疼痛，慢慢增加止痛藥劑量，約兩星期後離世了。由於這個國家不承認安樂死，因此這兩星期依然相當煎熬。幸而病患最後在家人守望下，平靜地離開。

月底的星期二，花垣坐在上午九點半從京都出發的希望號列車商務艙，大大地嘆了一口氣。

殘暑漸漸遠去，但離楓紅還早得很。不過這時期急性子的旅客，早已搶先行動，人潮也多了起來。

平日早晨的新幹線月台，有許多看起來像出差的上班族。而月台角落也有貌似畢業旅行的學生，正排成隊伍，京都真不愧是畢業旅行的熱門地點。

月台上充滿了年齡、職業與目的不同的人，熱鬧非凡。

「今天是平日，人卻滿多的。」

出聲的是來自鄰座、正在將行李箱放上行李架的葛城。

花垣的眼睛依然盯著窗外，葛城沒說話在鄰座坐了下來。

沒多久，車內廣播響起，新幹線伴隨些微反作用力動了起來。

今天是花垣啟程赴美的日子，他原本打算從關西國際機場出境，卻因為轉乘需要，必須先搭新幹線到成田機場。

儘管預定有多名醫局員要一同赴美，但每個人都有工作，無法一起行動，因此基本上是在波士頓當地集合。

花垣原本也打算一個人出發，編輯葛城突然要求一起同行。

『居然可以出國採訪，這表示葛城先生也爬到相當高的地位了？』

花垣在電話另一頭語帶調侃地探問。

『上了年紀，就能得到不少通融，而且我很久沒去美國了，非常想過去看看。當然，我會貼身採訪花垣醫生，只是用公款飛越太平洋，擔心惹人議論，所以這次是我自掏腰包的。』

葛城則一板一眼地回答，他是配合花垣的波士頓行程而請了假。

『也就是說，與其說是工作，更接近興趣？』

『說興趣並不正確呢！就像我平常說的，我是醫生的粉絲。』

葛城的話聽不出任何玩笑或弦外之音，若說他難以捉摸或許也沒錯，卻又並非軟體動物那種讓人摸不著頭緒的滑溜。

花垣深知葛城是個骨幹紮實的人物，從他還是菜鳥醫生時，這名編輯便保持著不即不離的距離，有時還會貼心為他提供一些方便，這應該不是淺薄的興趣或好奇就能做到的。

『我認為就算是自掏腰包，也相當值得參與，還能夠體驗到日常診療無法見識的大場面。』

花垣大方地回應。

『我很期待。』

就這樣，編輯決定一道同行了。

「花垣醫生很難得這樣吔！太安靜的話，會讓人懷疑你在沮喪喔！」

葛城在往前駛去的列車裡，開口說道。

「沮喪？」

花垣疑惑地轉頭一望，便看見葛城的微笑。

「那位醫生沒有來，肯定讓你相當失望。」

「開玩笑。」

花垣誇張地攤開雙手戲謔道。他沒那麼做作，會裝作不知道葛城說的「那位醫生」是指誰。

「而且葛城先生從一開始就認為他不會來了吧？」

「唔，的確是啊！雖然我只在先斗町見過一面，總覺得難以想像雄町醫生去美國的樣子。」

「為什麼？」

「站在雜誌編輯部的立場，需要更多的採訪才能回答這個問題。花垣醫生才是，其實也沒有嘴上說的那麼期待吧？」

花垣沒有回答這個問題，再次望向窗外。

新幹線滑出由巨大鋼骨組成的拱形京都車站，漸漸加速朝著東山疾馳而去。

「唔，雖然也並非完全不期待啦……」

花垣嘟囔道，腦中浮現幾天前和哲郎通電話的內容。

『現在還來得及幫你訂機票喔！阿町。』

對於花垣話，哲郎只是平靜地笑著，而這樣的態度，也道出了哲郎不會改變想法的決心。

『我可以替你留守，你無後顧之憂的去吧！』

『我特地留下了天吹，以免後顧之憂了。』花垣帶著苦笑應道：『早知道這樣，就叫你留守，帶天吹去。』

『我很想說這是個好主意，但要是被飛良泉教授發現就慘了，你也不用奢望再往上爬喔！』

『這點程度的事，阻礙不了我的。』

這段對話並沒有多大的意義，不過對花垣來說，重要的只有他最為信賴的這名學弟竟不為所動。

「不過，他從以前就有點對人太感興趣。」花垣說。

「對人太感興趣？」

葛城眉毛微微一挑。

「想要走在醫療最先端，無可避免會過度追逐技術。有時得拋下病人和家屬的感受，全力以赴地對抗眼前的癌細胞。然而，他就是想把目光放在人身上。」
「身為醫師，這很重要呢！」
「普通的醫生是這樣啦！」
花垣話說得尖酸，由於談論的對象是哲郎，他也毫不客氣起來。
醫療是以人為本，醫生看的不是病，而是人——這是醫學教育一再強調的精神。
但是……。花垣在心中反駁。
但是，只要以人為本，有些領域就永遠無法企及。
為了開拓新技術，必須拋下病患的不安、家屬的焦慮等等，不計一切代價地面對數字、圖表、病毒和癌細胞。今日的醫學，就是諸多先人像這樣以鋼斧在未知的森林，披荊斬棘開拓出來的結果。
對峙的不只是未知而已，還要鑿穿人性的聖山、翻越倫理的峽谷，才有辦法成功切除胃癌和大腸癌。
「葛城先生，你知道嗎？世上的醫生，內心都有兩種人格。」

「高等和低等嗎？」

「你這樣的發想我確實滿欣賞的，不過我要說的不是那個，而是科學家和哲學家這兩種人格。」

「這樣啊！」葛城交抱起手臂。

「每一個醫生，都在這兩個領域來來去去。每個人的比重不同，大部分都是平凡的中庸派。順帶一提，像我這樣倒向科學的人，就會跑去美國耍弄內視鏡。」

「那麼，雄町醫生是倒向哲學那邊嗎？」

「麻煩之處就在於不是。」

葛城興味盎然地撫摸鬍鬚聽著。

「徹底倒向哲學的醫生，在現場沒有用處，頂多只能在教堂祈禱，或是關在遠離現場的書房寫寫小說。阿町的非凡在於，他是一流的科學家，同時也是個出色的哲學家，我從來沒看過這樣的醫生。」

葛城手貼在黑鬍子上，望著鄰座的副教授。

簡而言之，花垣這話稱得上極口稱賞吧！葛城不禁對雄町哲郎這名醫生，興起想要更進一步探索的好奇。

與此同時，葛城的洞察力也清楚地看出，眼前這名副教授的器量之大。身居高位，同時擁有實績的人，能夠對別人甚至是晚輩，如此不吝讚揚，顯示出花垣的胸襟有多開闊。

「坦白說，他的視野比我還要寬廣，所以我真心相信要是阿町率領大學團隊，應該就不需要我。甚至還想過，假以時日我就可以去郊區的野戰醫院當院長，教授讓他來當就行了。」

「可是三年前，雄町醫生突然離職……」

「就連他妹妹過世時，我都相信只要自己撐住醫局兩、三年，他就會回來。現在看來，天不從人願。」

「是因為家人過世，讓他有了許多想法嗎？」

「不是想，他應該是實際看到了。」

「看到？」

葛城反芻著花垣的話。

「他大概是在為妹妹送終的時候，看到了世界的另一面。看到母親必須拋下幼子死去的這個荒謬到極點的世界是怎麼回事。」

葛城無語地皺起了眉。

花垣目不轉睛地繼續盯著窗外，他的眼睛對著從車窗前方甩向後方的民宅，實則看著的卻是遙遠的回憶。

「他曾經說過，世上沒有慈悲，也沒有慈愛，努力和忍耐毫無用處。這個世界就只是一個無數齒輪彼此嵌在一起、永無止盡地運轉的冰冷空間。」

「這樣的世界……也太可怕了。」

葛城喃喃道，再次撫摸鬍鬚。

「他比身邊的人所想的更要厭世。」

「不過，如果說雄町醫生是以那樣的角度看世界，他卻有種奇妙的溫暖。他的世界觀與為人不太吻合，這是為什麼？」

「這就是我想問的。」花垣從座椅直起身子，把手伸向腳邊的皮包，開始東翻西找。「採訪完我之後，希望你務必也去採訪他。你是哲學系畢業的，比起聽我那些複雜的內視鏡說明，一定能體驗到更為刺激的時光。」

葛城深深點了點頭。

他覺得花垣這個人果然有意思，不管是能力、氣度、視野或哲學，在所有的領域都有特出之處。因此自己才會強烈地受他吸引，想要關注他的發展。同時直覺也告訴自己，只要跟在花垣身邊，遲早也能好好挖掘雄町哲郎這位不可思議的人物。

「好了，複雜的話題就點到為止。」花垣挺起腰，以爽脆的口吻說著，手中握著兩罐啤酒。「葛城先生，要不要來一罐？提前慶祝波士頓的成功。」

「不錯喔，醫生！畢竟單程就要超過二十個小時。」

「而你居然願意奉陪這麼漫長的旅程，真是個怪人。」

「不，我可不是什麼人都奉陪的。就像剛才說的，我是醫生的粉絲。」

「真會說。」

花垣笑著，噗哧一聲打開啤酒罐，兩人立刻互碰罐子。

「乾杯。」

葛城喝了一口，接著從自己的隨身包取出幾本書，放到桌上。

「喂喂喂——！」

花垣之所以這麼笑，是因為在書名上看到康德和史賓諾莎的名字。

「你是在為採訪阿町做預習嗎？」

「不，只是重溫一下酸甜的青春回憶而已。」

花垣聞言悶笑一聲，又喝了口啤酒。

新幹線穿過山科的山地，即將駛入近江。

「花垣醫生現在應該正在搭新幹線。」

聽到土田的聲音，哲郎從電子病歷抬起頭，望向窗外。

現在正是門診停車場開始擠滿車子的時間，頭上的天空一片晴朗。

「對喔！今天是出發日。」

聽到哲郎的回應，土田一臉意外。

「不用傳訊息祝他一路順風嗎……？」

「那是多此一舉。他好不容易離開憋悶的大學，一定正在新幹線座位上自在地喝著啤酒吧！」

「這樣啊！可是真的好厲害，想到接下來要在美國進行內視鏡手術，總覺得連我都緊張起來了。那麼厲害的醫生，還經常跑來這裡……」

土田直率地感慨道，哲郎只是微笑。

實際上，花垣所承受的壓力，應該比身邊的人所想像的更要沉重許多。

從臨床和研究，到指導及教育年輕醫生，花垣背負著諸多責任，甚至還要遠渡海外，隨之而來的壓力非比尋常。然而在緊張與壓力之下，花垣還能加倍發揮實力，這就是他的驚人之處。

花垣的內視鏡技術，原本就精確迅速，遇到病患血壓劇降，或生命徵象不穩定的狀況，還能更上一層樓。哲郎多次目擊到這樣的時刻，若是在全世界醫師雲集的實況手術場面，花垣的技巧肯定能發揮得更為精湛。

花垣不是少了哲郎，技術就會受到影響的人。

即使如此……。哲郎心中仍不免感傷。如果兩人聯手挑戰手術，不僅能帶來成就感，肯定也會是一段痛快的時光。

過去在大學醫院完成困難的手術之後，兩人都會一起前往市內的居酒屋或高級日式餐館。哲郎隨著懷念的景色，憶起了這些往事。

「町醫生其實還是很想去吧？」

土田問道，應該不是察覺到哲郎的思緒。

「當然想去囉！要是可以拋下門診、病房和到府看診，我現在就想去。」

哲郎把手交握在後腦，緩緩地靠到椅背上。

「可不能這樣啦！今天門診也是滿檔。有失智的井筒女士、糖尿病的菊山先生、高血壓的鳥居先生，辻先生也會回診。」

「又是個性十足的陣容……」

光是聽到土田唸出的約診名單，哲郎便露骨地一臉疲憊。

門診的辛苦，不光是人數的問題而已，不同病患的個性，也會大幅影響看診所需的時間。

失智的井筒照美是一名高齡婦人，話匣子一打開就停不住。就算終於要起身離席，又會一再坐回去閒話家常。陪同看診的女兒總是硬拉著她的手，才好不容易讓她離開診間。

糖尿病的菊山是從銀行退休的老先生，沉默寡言、個性頑固、要求很高，等待時間一長，有時會突然暴怒。鳥居非常抗拒增加降血壓藥。至於辻，更是不用說了。

「今天的門診，感覺會拖到下午喔！」土田說。

「我會搞定的。今天是星期二，下午的大腸鏡檢查，也可以稍微交給南醫生。」
「町醫生在說什麼呀？今天南醫生不會來啊！」
咦？哲郎從椅子坐了起來。
「上星期南醫生不是說過了嗎？除了花垣醫生以外，還有好幾個人要一起去美國，大學醫院人手不足，她這星期不能來。」
「啊……」
哲郎仰望天花板，他一直深信只要努力撐到中午，就有能幹的學妹會前來支援。
「町醫生是不是不知不覺間依賴起南醫生了？」
「那當然囉！她很聰明，操作內視鏡也有天分，病患對她的評價也不差。」
「然後，南醫生要來的日子，町醫生都顯得特別期待。」
土田這話讓哲郎微微歪頭。
「有嗎？」
「有啊！」

「或許吧！」

哲郎乾脆地承認，土田也忍不住笑了。

「好了，門診進度太慢，菊山先生可能又要發火了。快點繼續吧！」

「沒問題。」

土田拿著預約名單，往櫃台那裡走去。

哲郎再次望向藍天。

最先端的醫療世界，是開拓著無人踏入的未知領域，也是一條充滿驚奇與發現的旅程。

回首過往，若問哲郎現在所面對的世界，是否就沒有驚奇，也沒有發現？絕非如此。他認為這裡也和最先端醫療一樣，有著許多醫療人員都尚未踏入的未知範疇，更是「醫療」二字沒辦法囊括的廣大無垠的人類領域。

如果說自己想要在那裡開闢出新的道路，是否有些過於傲慢？哲郎如此自問，不禁苦笑起來。

複雜的理論，反映了思想的脆弱。

追根究柢，「活著」的本質，不是思考，而是行動。

哲郎坐著大大地伸了個懶腰，將視線拉回電子病歷。

「好了，請下一位病患進來吧！」

他比平時稍微更用力地說。

第四話

秋

糺之森，位在京都北部郊區，是一片豐饒的原始森林。

森林所在的高野川及賀茂川交會的三角洲地帶，並非杳無人煙的深山，而是民宅林立的住宅區。其中保留著古意盎然的自然森林，是極為罕見的例子。

糺之森是下鴨神社的森林，並在中央修建了貫穿南北的參道。森林的規模相當可觀，走進鋪滿白砂的林道，立刻就能遠離塵囂。當穿過一座座散布於參道的紅色鳥居，風聲、鳥鳴、河川潺潺聲，動聽悅耳。

在此散步的人應該不少，但由於占地遼闊，除非遇上祭典活動，否則不會感覺人潮擁擠。頂多只會和帶著攝影機的老夫妻、慢跑的男子、遛狗的婦人擦身而過。

樹林另一頭偶有緋紅的色塊，宛如蝴蝶般舞過，應該是正在祓禊*聖域的巫女。

「町醫生，天氣真好呢！」

走在參道前方的龍之介，一轉身舉起右手說道。

上午清澈的陽光，穿過樹林遍照白砂。

看著在參道上暢快揮手的外甥身影，哲郎不禁瞇起了眼睛。

今天是星期天早晨，不必值班，哲郎便邀請龍之介出門散步。

兩人從三條大橋沿著鴨川河畔北上，參拜下鴨神社之後回來。單程約三公里的路程，對哲郎算是一場運動，但對於國中一年級的外甥來說，活力旺盛有餘，似乎連熱身都算不上。

時曆已過秋分，進入十月，餘暑仍頑強地盤踞在市內不去。鴨川河岸還是稍微有風，一旦進入糺之森，便能夠感受到沁涼。

哲郎走到參道的樹蔭處擦汗，總算覺得活過來了。

「我要慢慢走。你想跑一下也行喔！龍之介。」哲郎說。

龍之介輕輕舉起右手回應，衝勁十足地跑過人影稀疏的林道。穿過樹木底下漸漸遠離的龍之介身影，宛如神事祭典中的流鏑馬*，也許是境內聖潔的空氣給人的這樣的錯覺。

哲郎不由得停下腳步仰望頭頂。

糺之森若要用一句話來形容，就是明亮。乍看之下樹影鬱蒼，頭頂卻意外地可以看見藍天，燦爛的碎光穿過枝葉傾灑而下。

一般來說，神社的森林都是針葉林，在一片暗綠的枝葉遮蔽下，整體都相當陰暗，卻能營造出莊嚴的氛圍，因此神社都傾向於種植針葉林。

糺之森並非神社種植出來的森林，而是神與森林一同攜手發展而成的土地。這裡

＊注：「禊」是日本神道儀式，以清洗全身來淨化。與另一種稱為「祓」的神道教淨化儀式有關，兩者合稱「禊祓」。日本的禊行，男性穿著白色的褌，女性則為白衣。

＊注：流鏑馬，出現在十二世紀，是日本古代的弓馬武術，通常會在神社舉行。日本將流鏑馬、笠懸及犬追物，合稱「騎射三物」。

的植披不是人為選擇，而是有許多年代古老的櫸樹、糙葉樹、朴樹等闊葉樹。闊葉林通風和採光都很好，與其說是莊嚴，感覺更是明亮清澈。

哲郎很喜歡這座森林，剛搬來京都時，他便經常獨自前來，有了龍之介這個伴遊以後，來訪的機會更多了。

將視線從頭頂拉回參道，剛好見到跑回來的龍之介。

「町醫生，最近醫院都好嗎？」

「怎麼突然問這個？」

「感覺呼叫的電話好像變少了，而且今天也能悠哉地來這裡散步。」

龍之介跑了一百公尺回來，卻連一點汗都沒有流。

「別擔心，我沒丟飯碗。這個時期暑熱緩和了不少，病患自然也少了一些。」

哲郎說著，走出宛如細雪般灑下的碎陽底下。

盂蘭盆期間，除了有矢野菊江病情驟變、辻的緊急內視鏡手術以外，甚至還遇上了黑木壽終正寢。儘管後來沒有再碰到如此艱困的一天，哲郎卻經常晚歸，不過這幾天都是風平浪靜。

病況令人擔心的辻，出院後也乖乖回診，按時服藥。站在哲郎的立場，他希望進行後續治療，確實防範食道靜脈瘤第三次破裂；但或許無法太過奢求。

到府看診的今川，以胰臟癌而言，病況的進展意外地平穩，有時似乎還會在兒子看顧下，出去庭院走一走。再過個一段時間，那座庭院應該會迎接精彩的楓紅。

「花垣醫生不在，所以覺得格外安靜也說不定。」

哲郎這麼說，龍之介笑了。

「花垣醫生現在正在美國加油呢！」

「是啊！他說過研討會是三天，記得是到明天。」

「不曉得順不順利。」

「不用擔心，花垣醫生的技術穩如泰山。」

「可是要是沒有我，町醫生一定會跟花垣醫生一起去美國……」

龍之介沒有說到最後，因為哲郎伸手把他的頭亂搔了一陣。

「你可別太小看大人了，龍之介。」

看著龍之介從手中溜走，哲郎繼續在參道上前進。

每走一步，踩踏白砂的清亮聲響便在森林裡迴盪。可能有野鳥停佇，頭頂的枝葉搖晃了一下，儘管聽見清亮的鳥囀聲，卻沒看見鳥影，只有陽光熠熠閃耀。

這是在悠久的時光中，森林、風、陽光、森林裡棲息的生物們，生生不息地反覆上演的景象。

「好棒的森林……」哲郎忘我地喃喃道：「每次來到這裡，就能覺察到許多差點被遺忘的事。」

「差點遺忘的事？」

「像是人類真的很渺小。」

哲郎倏然停下腳步，旁邊的小路有個母親牽著幼童走了出來。跌跌撞撞努力行走的小男孩，一邊經過，一邊滿臉好奇地轉頭看著哲郎和龍之介。

哲郎輕輕向男孩揮揮手，又繼續往前走。

「自古以來，有許多思想家相信人類是偉大且特別的生物。尤其翻開西洋哲學史，『人類是特別的』這個想法，不曾被質疑過。『萬物之靈』這個詞，完全反映了人類是全能的。但是在這樣的歷史當中，也有完全悖離潮流的思想。」

「悖離潮流的思想？」

「有思想家認為，人這種生物極為無力，這個宏大世界的發展，從一開始就已經決定好了，人的意志是無法改變任何事。」

「意志無法改變任何事嗎？」

龍之介一臉困惑。

「聽到意志的力量無法改變任何事，你有什麼想法？」

哲郎點點頭，反問。

「我覺得很奇怪，而且感到很不真實。就連我這樣的國中生都有意志，也有許多事情可以自己決定。」

「沒錯。人應該要有主見、意志薄弱的人會隨波逐流——我們會理所當然地聽到這樣的說法。可是在現實中，也有許多人無從改變的事。比方說……」哲郎以手指輕抵額頭，片刻後說道：「不管意志再怎麼堅強的人，都沒辦法將幾何學平面上的三角形內角和變成兩百度。」

這毫無脈絡的例子，讓龍之介睜圓了眼。

「如果說意志的力量能夠改變什麼，就必須連這些都考慮進去。」哲郎笑著繼續說：「即便擁有堅不可摧的意志力，也無法讓海嘯和地震從世上消失，也無法讓病患體內的胰臟癌消失。我們能夠做到的，頂多只有逃離襲來的海嘯，或是為病患注射不知到底有多少效果的抗癌藥物點滴。但現實中，就連這些做法也難有成效。像這樣追究下去，就會發現幾乎沒有什麼事，是人能夠靠自己的意志做到的。換言之，人只是在世界這個既定的框架中，宛如流木般隨波逐流的無力存在。」

走在一旁的龍之介嚴肅地聆聽著，努力跟上哲郎說的內容。

縱使仔細聆聽了，卻無法順從地點頭表示同意。在哲郎的話中，有許多地方讓他無法信服，但他暫時沒辦法將那些質疑形諸話語。

「總覺得……不太能接受。」

「那當然了，我自己也不是完全理解剛剛所說的內容。可是，有個思想家徹底思考了這些事。」

龍之介倏忽想到什麼似地抬起頭。

「史賓諾莎是嗎？」

哲郎帶著微笑，在白砂上前進。

「史賓諾莎的有趣之處，在於儘管提出了這種宛如絕望的宿命論，他卻肯定人的努力是有價值的。如果一切都已注定，努力應該也毫無意義才是。然而他卻說：『正因為如此，人才需要努力。』」

「這太深奧了……」

「確實很深奧，我認為史賓諾莎這話意外地重要。人能做到的事微乎其微，史賓諾莎卻說：『即使如此，人還是應該要努力。』」

龍之介眉頭深鎖，仰望哲郎。

「這樣不是太痛苦了嗎？」

「會嗎？我倒覺得這是充滿希望的論調。懷抱著無所不能的全能感，被迫永無止盡地向前奔馳，這更要殘酷多了。從這層意義來看，花垣醫生所踏上的道路，真的非常地艱辛。」

參道前方出現一群人，男士們身穿黑色禮服，女士們各別穿著日式或西式華服，應該是在辦婚禮。人們的相機鏡頭的前方，是一對身穿日式黑外褂及褲裙的高䠷新郎，以及頭罩潔白耀眼的蒙頭絹布的新娘。

哲郎停下腳步，看向婚禮的一群人。

人與人的邂逅也是如此吧！意志的力量，無法讓人遇見更好的人。如果心想都能事成，再也沒有比這更單純的世界了。這世間上充斥著想望亦無可奈何的事，意志、祈禱和願望是無法改變世界。

這並非絕望，而是希望。

「好漂亮喔！」

龍之介注視著婚禮隊伍，忍不住低語道。

「不能對新娘看得入迷，而忘了參拜。走吧！」

哲郎拍了一下他的背，說道。

「參拜當然要去，但町醫生的目的，是拜完之後的矢來餅吧？」

這意外的反擊，讓哲郎假惺惺地將目光從新娘隊伍移開。

「聽好了，龍之介，我之前也說過，這世上有三種非嚐不可的美食。」

「矢來餅、阿闍梨餅跟長五郎餅，對吧？」

「你知道嘛！所以快點參拜完，去惠比壽屋吧！」

「好。」龍之介應道，再次跑過白砂。

前方參道左右拓展開來，樹木遠遠地退到兩旁，陽光燦然照耀。璀璨的白砂另一頭，是朱色鮮艷的樓門。

哲郎以手輕觸額頭膜拜，忽然發現口袋裡的手機響了，掏出來一看，上面是一串陌生的號碼。

不是醫院呼叫，是國際電話。

週日白天的醫局，充斥著緊迫的氣氛。

窗外依舊一片晴朗，路上也熙來攘往，室內的空氣卻極為緊繃。

哲郎注視著眼前並排的兩台監視器螢幕。

病例報告用的高解析度螢幕上，呈現著電腦斷層、核磁共振、內視鏡等影像資料。正在操作滑鼠的，是穿著深藍色牛仔褲配淺黃色上衣、一身便服的南茉莉。

目光從螢幕移到手邊，有一疊印出來的血檢資料，一看就知道數值非常危險。

「是閉塞性急性膽管炎，有ＤＩＣ*的徵兆。」

哲郎說話的對象，並非坐在一旁直盯著這裡看的南，而是拿在右手的手機彼端。

『果然嗎？居然在這個節骨眼發生這種事……』

電話另一頭，是人在波士頓的花垣。

「是花垣醫生平時看診的病患嗎？」

『主治醫生是外科和小兒科。做過肝臟移植，過去曾發生過兩次膽管炎，進行過緊急ERCP*，那時候是我負責的。』

「年紀這麼小，居然已經做過兩次ERCP了嗎!?」

哲郎微蹙著眉，他在資料頁的角落看到「九歲，男」。

「很棘手的病例。」

『所以才打給你。你怎麼看？』

「沒有猶豫的空間了，需要進行第三次的緊急ERCP。」

＊注：DIC（泛發性血管內血液凝固症，Disseminated Intravascular Coagulation），是醫療上的急症，其致病原因相當複雜，但死亡率非常高，對醫師而言是一種極具挑戰性的病症。

＊注：ERCP，內視鏡逆行性膽胰管攝影術。

『我也這麼認為。』

花垣沉重的嗓音傳來。

連絡下鴨神社的哲郎的，不是別人，就是身在波士頓的花垣。

『抱歉假日打擾你。』

第一句話就已透露出迫切的情緒。

哲郎省去客套話，詢問來意，花垣說想討論一名膽管炎病患。在洛都大學附屬醫院住院的患者，發生了急性膽管炎，他希望哲郎看看資料和影像。

『天吹兩小時前連絡我病患的狀況。』

「不能直接交給天吹處理嗎？」

『我是這麼打算。雖然是這麼打算，但這個病人的狀況相當複雜。』

聽到花垣苦澀萬分的聲音，哲郎沒有繼續繁瑣地追問，而且花垣都特地從美國打電話回來了，不可能是什麼簡單的問題。

「你需要我做什麼？」

哲郎乾脆俐落地切入核心。

『我現在就叫南帶著影像和資料去原田醫院，請你評估一下。』

哲郎一口答應，他叫了計程車，離開下鴨神社，途中在四條大道讓龍之介下車，來到原田醫院。幾乎是同時，南也帶著影像光碟片和資料抵達了。

兩人用醫局的螢幕調出影像，才再次和花垣通上電話。

『可以叫南聽一下嗎？』花垣問。

哲郎將手機轉成擴音，放到桌上。

『南，向阿町報告一下狀況。』

「病患是九歲男童，兩年前因兒童急性肝衰竭而進行了肝臟移植。」

南白皙的面頰激動得微微泛紅，或許是因為緊張的關係，她微微發顫的聲音在醫局迴響著。

肝臟移植剛完成時，復原情況還算良好，接下來卻漸漸出現膽道狹窄症狀。兩年內發生了兩次膽管炎，也曾經短短半天就引發敗血症，情況十分嚴重。由於花垣迅速的ERCP而解除狀況。

「這次病患兩天前突然發燒被送到外科住院，抗生素治療無法退燒，加上血檢結果惡化，今早已由外科轉到消化內科。」

「過去的ERCP內容呢？」

哲郎簡短地詢問。

南聞言立刻抽出其他的資料。

「第一次針對狹窄部，用六毫米氣球以六氣壓、八氣壓進行兩次擴張；第二次使用八毫米氣球。兩次都未能讓凹陷處完全消失。」

南拚命地針對消化內科當中，專業性特別高的手術進行簡報。

哲郎一邊聆聽，一邊迅速檢視過去的影像。確認了所有的影像後，哲郎的口中不由自主地吐出嘆息。

「很棘手呢！」

『什麼地方棘手？』

試探性的問題，不是平時隨和的學長聲調，而是內視鏡專家副教授的語氣。聲音帶有沉重的威懾，哲郎卻不為所動。

「兒童的ＥＲＣＰ，而且即將演變成ＤＩＣ，光是這樣就十分危險了。不過，問題在更基本的地方……」

哲郎的目光回到螢幕的影像。

「病患是右葉移植，考慮到沾黏，光是要抵達十二指腸都很不容易。從影像來看，ＥＲＣＰ在擴張術時，兩次都發生大出血。要是狹窄部出現脆弱的靜脈瘤，光是用導絲突破都很危險。視情況，也有可能造成大出血或膽管穿孔。」

哲郎將視線從螢幕轉向手機。

「這麼危險的ＥＲＣＰ，你居然做了兩次，花垣醫生。」

電話另一頭傳來深深的嘆息。

『連絡你真是對了……』

花垣的口吻恢復了些許輕鬆。

『雖然你離開了大學醫局，看來寶刀未老。』

「這可難說，如果我有什麼遺漏的地方，歡迎指教。」

『沒有，無懈可擊。』

花垣的聲音清亮地響起。

南肩膀顫抖，幾乎陷入戰慄。兩人的對話水準顯然超出了南的理解範圍，她自以為已經熟讀病患資料，但哲郎指出的內容，她幾乎是鴨子聽雷。

哲郎的目光以非比尋常的精確度，從各個角度捕捉病患的風險。重點他才瀏覽了資料幾分鐘，就能達到這樣的領域，完全就是頂尖高手。

忽然間，周遭響起一道嘰嘰聲，中將不知不覺來到後方的椅子坐了下來，她對著南微笑了一下，默默地拿起桌上的資料。

這個時間穿著白袍在醫院，表示今天是中將值班。她沒有加入花垣和哲郎的對話，端著杯子迅速掃視資料。

「不管怎麼樣，都需要緊急ＥＲＣＰ。」

『我是這麼打算。ＥＲＣＰ預定下午兩點開始，天吹已經在準備了。』

哲郎望向醫局的時鐘，距離開始時間，還有近兩個小時。

『交給天吹，你覺得他能順利搞定嗎？』

花垣提出了觸及關鍵的問題。

哲郎聞言，以指頭輕抵下巴，思索了一下。

「主刀者不是西島吧？」

『當然不是。對病患來說，重要的不是醫局人員的身分地位，而是內視鏡的技術優劣，外科和小兒科都清楚這一點。』

花垣的聲音乾脆俐落。

「七成……不，現在的天吹，應該有八成的成功率。」

哲郎回看內視鏡照片，判斷道。

『你還是一樣嚴格吔！我認為有九成的成功率。』花垣迅速回答，接著語氣有些沉重地說：『但就算有九成，還是有一成失敗的可能。』

「失敗的話，就改成外科手術嗎？」

「就算進行外科手術，能做的也有限。」中將冷不防從旁插口。「從這個膽管來看，就算做PTCD*，難度也不輸ERCP。」

『是中將醫生嗎？這話一點都沒錯，我也這麼認為。』電話另一頭的花垣，相當冷靜。『也就是說，如果ERCP不順利，就必須考慮開腹手術，風險當然也會大幅提升。視情況，也有可能就這樣引發敗血症喪命。』

花垣說完後，室內被嚴肅的沉默所籠罩。

南不禁全身僵住了，她怎麼樣都無法將「九歲男童」和「喪命」這兩個詞連結在一起。然而在這裡的醫師們，毫問疑問就是在討論如此重大的問題。

哲郎目光盯著內視鏡照片；中將低頭閉眼，彷彿在想像外科手術的景象。

『九成的成功率，不是我能接受的數字。我要窮盡一切手段，把機率提升到接近百分之百。』

花垣的聲音帶著難得一見的祈禱聲調。

「這話的意思是，要讓阿町主刀嗎？」

中將輕輕睜開眼睛，問道。

『不是，手術伴隨著責任，不能讓院外的醫師負責大學困難的手術。再說，大學的人才可沒那麼薄弱，不會只是少了我，就動不了刀。』

「那，你想要怎麼做？」

『不必動手沒關係，不過我希望現場有個醫師，能在萬一天吹遇到困難時，迅速提供建議。』

這意外的要求，讓哲郎和中將都不由得面面相覷。

＊注：PTCD（經皮穿肝膽道引流術），是藉由超音波及X光透視的輔助，用針穿刺肝臟內的膽道系統，以達到引流淤積於膽道內的膽汁。

『我明白這個要求十分強人所難。成功率有九成，天吹應該可以搞定，但這是他第一次在沒有我的情況下，接手如此棘手的病例。手術不是賭博，攸關病患的性命。萬一失敗，不是一句對不起就能了事的。』花垣頓了一下，接著說：『病患男童甚至克服了困難的肝臟移植，不能讓他就這樣離開。』

花垣的聲音滲透出，身為醫生親眼見證男童努力而難以壓抑的情感。

「偷偷在一旁待命，如果沒事就沒事，一旦有狀況，就插口指點，是嗎？」

『沒錯。』

「若插口也解決不了的狀況，可以插手嗎？」

『當然可以。』花垣隨即允諾道：『打通狹窄的膽管，是你的拿手絕活之一，我很清楚你的導絲操控有多麼出神入化，所以可以採取任何你認為必要的手段。』

南從來沒聽過寄予如此強大的信賴，然則聽到這些話的學弟，在這非比尋常的沉重壓力之下，卻沒有表現出任何浮面的謙虛，或柔弱的驚慌。

「我被禁止進出醫局吧！飛良泉教授並未同意這件事吧？」

學弟淡然地探詢。

『事態緊急，沒那個時間了。』

「西島也在現場吧？光是被抓到我在那裡，就有可能讓你的立場相當難堪。」

『應該吧！』

「無所謂？」

『沒關係。我剛也說過，就算僅有百分之一也好，只要能提高病患的存活率，我會不擇手段，你完全沒必要考慮我的立場。』

花垣的聲音充滿了壓倒性的氣魄。

再次造訪的沉默當中，哲郎望向時鐘。距離手術開始，還有一小時半。

「確實，這孩子已克服了這麼多辛苦的治療，不能在這時候失去他。」

哲郎將視線從時鐘轉向手邊的資料，說道。

『沒錯。』

「他是個好孩子嗎？」突如其來的奇妙問題。

『他很乖，又很貼心……』花垣停頓了一拍，繼續說道：「他也很會做糕點。之前他送了自己做的戚風蛋糕給我，還擔心我會不會工作太勞累。都吃了這麼多苦，他擔心的卻是醫生的身體，而不是自己的健康。』

聰明幹練的副教授說著說著，語氣變得宛如父親。實際上，花垣看顧了少年這麼多年，這樣形容或許也不誇張。

哲郎看著手邊，緩緩地點了點頭。。

「花垣醫生，那邊已經是半夜了吧？明天也要實況手術，對吧？」

『是啊！這邊是晚上十一點半。實況手術，明天是最後一天。』

「那，請好好休息吧！不用擔心。」哲郎說著，把手中一疊資料輕放回桌上。

「接下來，就交給我吧！」

聲音從容得近乎格格不入。

南回望過去，哲郎和平時沒什麼兩樣，以溫柔的眼神看著手機。

坐在旁邊的中將靜靜地微笑。

電話那頭一時沒有回應，隔了幾拍後——

『交給你了，搭擋。』

簡短的回話之後，電話掛斷了。

從原田醫院搭南的車子出發，約二十分鐘就到大學了。

這段期間，哲郎在副駕駛座放倒椅子，雙手交握在頭頂閉目養神。看在旁人眼中，甚至像是在悠哉午睡。

「謝謝你，雄町醫生。」

握著方向盤的南，情不自禁地這麼說。

「應該也不必由南醫生來道謝吧！」

哲郎說著，沒有睜開眼睛。

「可是還是謝謝你。除了道謝，我也不知道該說什麼……」

「不客氣。」

哲郎有些玩笑地說著，刺眼地看向車窗外，完全不像是正要前往大學醫院參與困難的手術，南甚至覺得自己的緊張毫無來由。

「沒事的，南醫生。」

哲郎就像要讓南放心似地安慰道。

「沒事？」

「『完全沒必要考慮我的立場』……爬到那麼高的地位，卻說得出這種話，這就是花垣醫生啊！」哲郎舉起右拳，輕擊左掌。「他必須繼續往上爬才行。」

午後陽光照耀下的鴨川沿岸，情侶們等間隔分散而座。望著這一幕的哲郎，不只是從容，看上去甚至是愉快的。

南也漸漸看出來了，花垣和哲郎這兩名醫師類型截然不同，不論是個性、踏上的道路、前進的方式都不一樣。不過她認為兩人眼中的目標應該是一致的，若問那是什麼，她無法輕易回答。

或許正因為朝著同樣的方向前進，兩人才能以強大的信賴彼此連繫在一起。

沿著川端大道北上，一會兒，右邊出現一棟巨大的白色建築物。

哲郎好久沒有跨進洛都大學附屬醫院的大門了，更正確地說，從大學離職後，將近過了三年。

「來吧……」

南聽見哲郎如此呢喃著。

在內視鏡處置當中，ERCP也是最為特殊的一項術式。

偌大的內視鏡室中央，站著手握內視鏡的主刀醫師，周圍則有幾名助手在一旁協助，光是這樣就是大陣仗了。但這項處置的特別之處，在於內視鏡室外也需要人手。內視鏡室的隔壁，隔著一道大玻璃窗，還有一間X光透視攝影室。必須在這裡以X光確認膽管和胰臟管的位置，與內視鏡醫師通力合作。

原田醫院這樣的小醫院，除了哲郎以外，是由幾名護理師擔任助手，X光機則由放射師操作。若是在大學的話，尤其是困難的病例，狀況就不同了。

規劃時就設想到兒童ERCP的特別內視鏡室裡，除了操作內視鏡的天吹以外，還有負責全身麻醉的麻醉醫師，以及數名輔助天吹的年輕醫師，再加上護理師，共有六、七個人圍繞著病患。

在隔壁的透視攝影室，操作X光機的是講師西島，他背後還有好幾名外科、麻醉科和小兒科醫師。

「真的很大學醫院呢……」

哲郎站在透視室的人牆後方，懷念地喃喃道，南立刻豎起食指抵在唇上。

參與處置的醫師和護理師都戴著帽子和口罩，只露出眼睛，人多又跨不同科別，因此只要哲郎也以相同的穿扮混入其中，就不會引起注意。

在充斥著緊張氣氛的室內，哲郎悠然佇立的身姿，讓南實在是忐忑不安。哲郎則完全不在意南的擔憂，理所當然地站在醫師之間，占據了能看到玻璃窗另一側的內視鏡室的位置。

「天吹，準備得怎麼樣？」

握著麥克風說話的，是手握透視裝置操作桿的西島。

清瘦而顴骨突出的西島，神經質的目光盯著玻璃窗另一頭的內視鏡室。他本來就不苟言笑，眼神又尖銳，不必要地予人冷漠的印象，現在再加上緊張，面色更是一片鐵青。

西島也是擔任醫局講師的優秀醫師，成績多半在研究方面，而非臨床。因此花垣缺席的現在，是由天吹來操作內視鏡，而不是西島。

『我這邊沒問題。』

天吹的聲音，透過擴音器傳來。

從透視室只能看到天吹的背影，他的氣勢十足。高大的天吹那樣站著，就好像花垣站在那裡似的，哲郎忍不住微笑。

「不過，好驚人的陣容呢！」

哲郎對著一旁的南，細語道。

「坐在西島後面的是外科副教授旦醫生吧？小兒科也有講師篠峰醫生來參加，擔任麻醉的不是年輕新秀七田嗎？」

這些醫師，都是哲郎幾年前還在大學任職時所熟識的人。

旦是率領肝臟移植團隊的強悍組長。女醫師篠峰和哲郎年紀相仿，主持兒童消化器官領域，以富有耐心和細心的診療風格受到肯定。站在玻璃窗另一頭的七田，是年輕有為的麻醉醫師，不管麻醉對象是老人還是兒童，都難不倒他。

簡而言之，這堪稱一流陣容。

病患男童在肝臟移植後，雖說偶有狀況，大致上過得很健康。看得出醫師團隊賭上了聲譽，努力讓男童康復。

不……。哲郎瞇起了眼睛。這樣的氛圍，應該是花垣打造出來的。

大學醫院這種地方，各科之間壁壘分明，彼此間難以交流。在這樣的環境中，花垣跨越科別的樊籬，培育人才，連繫彼此，他的努力造就了這次的手術。

『開始麻醉。』

以麻醉科七田的聲音為信號，手術正式開始。

麻醉不到幾分鐘便完成，確定生命徵象穩定後，天吹的內視鏡迅速地動了起來。

內視鏡影像劇烈地搖晃了一下，接著立刻照出九歲男童的食道。

『血壓、呼吸都穩定。』

觀看監視器的護理師聲音響起。

「動作很順暢……」

透視室裡的外科副教授旦，低聲道。

天吹操作的內視鏡，輕易地突破了第一個難關的胃部，抵達了十二指腸。

「這是右葉肝臟移植的病患，動作卻能如此輕鬆，真是了不起，不愧是花垣醫生的高徒。」

聽到旦的話，西島默默點頭。

「接下來，要進入膽管了。」

西島的指示算是多餘，玻璃窗另一頭的天吹十分冷靜。

連接十二指腸的膽管，僅有數公厘之寬。即使是成人，膽管寬也只有數公厘，九歲的兒童更是細小了。必須把約兩公厘寬的導管，插入如此細小的管道才行。在這過程中，目標的膽管口會受到呼吸和脈搏影響，動個不停。

擔任助手的年輕醫師把導管遞過來，天吹伸出右手接下。

內視鏡畫面出現細導管正逐漸靠近膽管口，幾分鐘的沉默之後，透視室響起一陣嘈雜聲，那是摻雜著放心與讚賞的騷動，只見天吹的導管準確地插入了膽管。

「天吹醫生好厲害呢！」

南忍不住小聲說。

「我同意，就如同花垣醫生的期待。」

哲郎也頷首回應，目光仍緊盯著螢幕。他很明白這個病例真正的難關在後頭，甚至可以說，接下來才是重頭戲。

實際上，進入膽管的導絲現下便無法穿過前方的狹窄部，不斷地在膽管內空轉。

五分鐘過去、十分鐘過去……。在緊張的時間流逝當中，天吹更換了導絲，試著變換角度，嘗試各種調整，狀況卻沒有好轉，怎麼樣都無法突破膽管堵塞的部分。

喧嚷聲再次響起，性質卻完全異於剛才。

這時，螢幕上的膽管口倏忽鮮血漫溢。

「出血了……」

西島咂了一下舌頭，微微起身。

『生命徵象穩定。』

麻醉科醫師七田，淡淡地說。

這段期間，畫面還是不斷地被染紅——是導絲戳破血管了。

「要準備輸血嗎？」

西島旁邊另一名內科醫師，低聲問道。

西島眼睛盯著正前方，頓了片刻後，輕輕點頭，內科醫師立刻離開房間。外科的旦交抱著粗壯的手臂，不發一語。

焦急與驚慌如漣漪般不斷地擴散開來。

「出血量滿大的。」

「是靜脈還是動脈……？」

「血壓怎麼樣？」

指示、確認與竊竊私語不斷地交錯，緊盯著螢幕的西島額頭，不知不覺間冒出細小的汗珠。

「無法穿過狹窄部嗎？天吹？」

『請再給我一點時間。』

天吹如此回應，從遠處能看見他的手術帽滲出了汗水。

忽然間，尖銳的警報聲響起——是病患的脈搏開始上升。

「沒問題的。」

七田冷靜地說道，但看得出周圍的護理師們微妙地浮躁起來。

坐在牆邊椅子的小兒科的篠峰，悄悄地把椅子挪向旦。

「考慮切換成ＰＴＣＤ嗎？」

旦沒有回答篠峰這個問題。

「我明白這個手術很困難，所以最好要有備案。」

對於篠峰大膽的直言不諱，旦閉上了眼睛，很快地望向一旁的年輕外科醫師。一個眼神，便讓外科醫師意會，轉身走了出去，而這也表示要開始準備穿刺手術。

一連串的對話，西島也透過螢幕掌握了，但現下也找不出突破性的解決之道。

狀況依舊膠著，又過了五分鐘——

「胰臟炎的風險太大，先抽掉導管吧！天吹。」

西島對著麥克風說道。

『可是……』

「沒有叫你放棄，我這邊再確定一下影像，你先待命。」

西島輕輕抹去額頭的汗水，回頭看向外科的旦。

很正確的判斷，西島……。哲郎在心中說道。

儘管ERCP講求速戰速決，有時暫停也十分重要，因為這不是亂戳一通就能搞定的術式。

內視鏡室的天吹等人暫時停下動作，隔壁的透視室以西島和旦為主的幾人，再次討論影像。他們檢視著上次花垣手術時的照片，討論為何無法以同樣的做法穿過、需要在工具上下什麼工夫、有無其他做法……時間相當緊迫，周圍的醫師也都一起參與討論，盡其所能。

焦慮、煩躁、驚慌、不安……這些陰暗的情緒，緩緩地自腳下滲透開來，化成一片泥沼，眼看就要纏住醫師們的腳。

在這當中，只有哲郎一個人與討論拉開了距離，若無其事地走向內視鏡室。南發現了這件事，連忙想要叫住他。哲郎只是輕抬右手回應，徑自踏入了內視鏡室。

第一個注意到有人走進內視鏡室的，是麻醉醫師七田。他微微皺起了眉心，很快地陡然瞪大了雙眼。

對於七田這樣的反應，哲郎只是微微頷首，接著他把手搭在站在天吹後方的第一助手肩上，不過這名醫生太年輕，沒見過哲郎。

第一助手對這名陌生人露出了困惑的表情，但從哲郎平靜的視線似乎感覺到了什麼，自然地讓出了位置，退到後方。

在旁人眼中，就只是另一名醫師來接替緊張疲累的第一助手，所以透視室沒有任何醫師注意到。不，只有小兒科的篠峰像是發現了什麼，隔著玻璃看向這裡。

「綠壽庵的金平糖真的好吃，天吹。」

哲郎站在天吹背後，開口道。

不合時宜的話、熟悉的聲音，讓天吹稍微回過頭。當發現前上司就站在身後，不由得倒抽了一口氣。

「手術中，目光不可以離開螢幕。」

告誡的嗓音，讓天吹連忙轉回正面。

「町醫生……？」

「我也好久沒當你的助手了，真懷念啊！」

相對於驚愕的天吹，哲郎卻是從容自在。他把手伸向旁邊的處置台，品評似地逐一檢查導管和導絲。

「我……是不是太累了？我不是眼花吧……？」

「就是我沒錯。」

「怎麼會……？」

「理由不重要，現在重要的是眼前的病患。」

哲郎的回應，平穩且堅定無比。

天吹立刻吁了一口氣，隨即切換情緒。

「我搞不定。是不是應該別再勉強，直接徹退？」

「不對。」回答十分俐落簡潔。「這名病患沒有後路了。手術該何時收手確實重要，但現在還不到該撤退的時機。」

「不過出血止不住……」

「出血只要支架裝好就會停。也就是說，重點在於能否穿過狹窄部。」

「可是要怎麼做……？現在連內視鏡視野都看不清楚。」

「是嗎？右旋十五度。」

天吹幾乎是反射性地聽從突來的指示，移動內視鏡。

「右角往左鬆開十五度，同時往內推進兩公分，稍微往上抬。」

天吹順著淡然的指示操作著內視鏡，下一秒，原本被血染成一片鮮紅的視野，明顯地逐漸轉為清晰。

不只是天吹，周圍守望的人員也都宛如看到魔法般緊盯著螢幕。

「留意血流方向，避開它拉出距離，維持正視視點就行了。病患身形嬌小，所以角度操作只要平時的一半就好。」

說得簡單，但想像和操作都非易事。然而並非易事的操作，卻透過具體的指示實現了。這是只有能夠徹底掌握病患器官的相對位置，並且完美理解內視鏡動作的人，才有辦法做出這樣的指示。

「怎麼樣？要是就這樣放棄撤退了，病患的存活率也會下降。不認為值得再努力堅持一下嗎？」

天吹無聲地點點頭。

環顧一看，原先浮躁的內視鏡室，不安的空氣也恢復了鎮定。不認識哲郎的年輕醫師和護理師們，似乎也切膚地感受到有什麼不同。

哲郎看向站在病患頭部方向的七田。

「還能再撐個十五分鐘嗎？」

「沒問題。」回答的七田看上去有些欣喜。「只要能救回這孩子，不管是三十分鐘還是一小時都沒問題。」

七田應該有一堆問題想問，但他只做了最簡潔的回應，真不愧是大學裡年輕新星的麻醉醫師。

「出血量目前應該也沒問題。」背後傳來一道低語。

不知不覺間，小兒科的篠峰站在內視鏡室門口。哲郎瞄了眼透視室，西島他們仍在嚴肅地討論著，篠峰似乎是悄悄離開了研討的圈子。

「上次花垣醫生的ERCP，也差不多是這個程度的出血。」

「謝謝妳寶貴的提點，我放心多了。」

哲郎回頭望去，說道。

「看來不是我認錯人了。」

女醫師明亮的雙眸懷念地瞇了起來。

「今天請當做認錯人吧！」

篠峰聞言，露出微笑。

擴音器乍然傳來西島的聲音。

『有辦法解決，是嗎？天吹？』

西島發現原本被鮮血覆蓋的內視鏡畫面變清晰了，而圍繞著西島的醫師們，也同時隔著玻璃窗看過來。

『視野比剛才清楚多了。可以繼續嗎？』

「當然可以。」

「跟他說：『你以為我是誰？我可是天才花垣的頭號弟子。』」

哲郎在天吹的耳畔，低語道。

難以想像這話是出自那一臉雲淡風輕之人的嘴，讓一旁的護理師瞠目結舌，七田忍不住低頭憋笑。

「沒問題，請再給我一次機會，西島醫生。」

天吹盯著監視器，大聲回應。

『有辦法是嗎？』

「沒錯，我會搞定！」

天吹大聲宣言，重新握好內視鏡。

七田迅速轉向麻醉裝置，助手醫師和護理師也各就各位，專注聆聽哲郎的指示。

很不錯的緊張感。哲郎在心中再次慢慢地做了個深呼吸。

準備完成的內視鏡室裡，靜如止水。並不是受到危機感壓迫、喘不過氣的寂靜，而是迎戰棘手的敵人，即將發動反攻那種克制亢奮的寂靜。

這種時候絕對會順利。這並非道理，而是直覺；是歷練過無數生死關頭的人，才有的、近似確信的直覺。接下來，就只需要往前推進。

「你行嗎？天吹。」

哲郎靜靜地開口。

「交給我吧！町醫生。」

天吹任由額頭滲著汗水，口罩底下似乎咬緊著嘴唇。

哲郎拿起導絲，環顧室內宣布。

「那麼大夥，開始幹活吧！」

停止的時間再次流動了起來。

大學醫局這樣的組織，其最大的特徵，就是那嚴格的階級制度。從教授、副教授、講師、助教，到底下的醫員、實習醫師、研究生，這一連串的身分制度，乍看之下只是把一般企業常見的各種頭銜換個名稱，實際上並非如此。

這個制度明確地限制了，已具備超凡影響力的醫師們的行動，建立起一套管理他們的巧妙統治系統。簡而言之，這套階級制度帶來的權力差異，遠大於一般企業。

立於巔峰的教授，握有的莫大權力，足以媲美中世紀專制國家的國王，若有什麼不同於中世紀的地方，就只有絕不可能發生下剋上的叛亂這一點。一旦爬上教授之位，不論部下再如何傑出，也不能成為競爭對手，造成威脅。唯一能夠讓教授感到恐懼的天敵，就只有「退休」二字。

如此的制度，在洛都大學也不例外。教授不用說，副教授和講師的地位，對醫員和實習醫生來說是高不可攀。

對進入消化內科才第三年的南茉莉而言，更是如此。入局以來，別說教授室和副教授室了，她連講師室都還沒有踏進去過。

因此星期一晚上，西島把叫她去講師室時，南除了感到困惑，還是困惑。

「停止去原田醫院研習嗎？」

南清亮的嗓音，在不怎麼大的講師室響起。

南自以為已經極力克制情緒了，似乎還是不太夠，她的不知所措和驚慌，意外清楚地表露出來。

「這不是決定，完全只是提議，南醫生。」

西島反而像是被南嚇到了，若無其事地將視線挪向窗外。

時間是晚上七點多，戶外已是一片陰暗。

消化內科的講師除了西島以外，還有肝臟專門醫師楯野。講師室有兩張辦公桌，楯野先下班了，室內只有西島和南兩個人。

「我去原田醫院研習有什麼問題嗎？」南滿臉疑惑。

「也不是有什麼問題。只不過，那是妳這種將來備受期待的年輕醫師，值得去的地方嗎？」

西島語調平板地打岔道。他視線冰冷，但並非是生氣，或是帶有惡意。

南知道西島的長相本來就難以親近，加上不苟言笑、不擅社交，看起來有著不必要的凶悍。

「當然，原田醫院的研習是花垣醫生決定的事，不是我一個人說了算。只是那麼小的醫院，能學到的也有限吧？我是在為妳的將來設想。」

南總算放下一顆心，她其實最擔憂的，是哲郎潛入大學一事曝光。

哲郎加入天吹的ERCP，是昨天星期日的事，才剛過一晚而已。

手術結束後，天吹私下請現場人員不要張聲。由於天吹在現場贏得絕大的信賴，他的請求應該效果十足，但風聲是不可能完全封住。萬一事跡敗露，哲郎不用說，花垣的處境應該也會很不利。看來西島找她，似乎與這件事無關。

南的腦中，鮮明地浮現昨天的景象。

因膽管出血而浮躁不安的手術現場，忽然現身內視鏡室的哲郎，氣氛為之一變，緊接著隨之而來的是寂靜與亢奮，內視鏡手術再次啟動，短短十五分鐘就結束了。

助手哲郎操作的導絲，穿過狹窄部，成功放置了支架。當手術結束後，醫師們都在為天吹鼓掌，哲郎抓住這個空檔悄然離開現場，沒有多少人注意到這名把手術帽拉得極低的人。

如果說這一切就宛如夢境還是魔法，這樣的比喻未免過於幼稚。然而看在南的眼中，真的就像是如此。

附帶一提，九歲男童在手術成功後就退燒了，今天下午便開始進食，復原的狀況相當順利。

南不知不覺間沉浸在回憶中，耳邊傳入西島淡漠的聲音。

「像妳這樣的年輕醫生，必須深入徹底習得每一個病例，我不認為在原田醫院能夠學到這些。那是沒什麼手術機會的老人醫院吧？」

西島最後的口氣，已近乎殺氣騰騰。

「可是……原田醫院的雄町醫生，真的指導了我許多事。」

南勉強嚥下湧上喉嚨的不愉快，字斟句酌地說。

「問題就是那位雄町醫生。」

西島加重了語氣。

「他過去身為醫局長，身負重責大任，卻突然拋下一切離職。跟著那種人學習，叫醫局的面子往哪裡擺？」西島用手中的筆尖敲著桌子，冷冷地說：「大學有好幾位比雄町醫生更值得尊敬的醫生，不光是花垣醫生而已，天吹也漂亮地完成了那場困難的兒童ERCP。妳昨天不是也看到了？大學有可以妥善處理那種困難病例的優秀醫師，那不是雄町醫生能搞定的病例。」

該怎麼回答才好？南與湧上心頭的各種情感正拉鋸著，困惑、安心、滑稽、不滿、憂慮……彼此矛盾的各種情緒紛亂交織，不可收拾。

不管怎麼樣，南都沒有幼稚到會在這時候為了反將一軍而揭露真相。

「總之，這個週末花垣醫生就會回來。原田醫院的事，我也會跟他再討論一下。南，這都是為了妳的將來設想。」

不知不覺間，稱呼裡的「醫生」不見了。

「好了，這件事下次再說吧！」西島稍微放緩語調，接著轉移了話題。「倒是，上次我說的事，妳還沒有回答我……」凌厲的視線失去了力道，在空中飄移著。「就是，那個，我問妳要不要跟我一起去吃飯……」

南在心中喃喃地「啊！」了一聲，想起西島確實這麼提過。原來他的邀約是認真的？南啞然無語。

西島的氣質聰穎難以親近，身為一名研究者，確實才華出眾，也算是照顧後輩。去參加學會時，有時也會特地邀南一起去。西島曾在那種場合提出一起吃飯的邀約，但南一直以為只是客套話。

「阿，我哪有資格跟醫生一起吃飯……」

「不用急著回答沒關係。」西島打斷了南試圖拒絕的話，自顧自地說：「如果妳可以再考慮一下，我會很高興。」

南心不在焉地聽著，帶著冷汗離開了講師室。

「南，妳還好嗎？」

南回到自己的辦公桌，天吹正等著她。

醫局員都是七、八個人在一間大辦公室裡，南和天吹也是如此。

現在已是晚上七點多，還有其他人在製作投影片，或是趴在桌上睡覺。

天吹的辦公桌在窗邊，手邊堆著如山的論文。

「妳的臉色好像有點差。」

「……這樣嗎？」

「西島醫生找妳過去，對吧？不會是為了昨天的ERCP？」

天吹應該也在擔心。

「那邊沒問題。」

南走到窗邊，小聲應道。

「那太好了。可是妳怎麼不太有精神？難道是西島醫生找妳約會？」

天吹開玩笑似地說，卻看到南僵在原地，臉頰也跟著繃住了。

一小段沉默之後，天吹輕嘆了一口氣。
「果然是這樣啊……」
「果然？天吹醫生知道什麼嗎？」
「也不是知道什麼。西島醫生對妳有意思，這件事有眼睛的人都看得出來。」
南聞言一時說不出話來。
天吹看到她的反應一時傻眼。
「妳完全沒發現嗎？西島醫生在學會還是論文方面，不是都很關照妳？」
「他不是對每個人都一樣嗎？」
「不一樣吧！我是不認為西島醫生會在指導方面對其他醫生大小眼啦，可是還是不太一樣。」
「不太一樣……」南一時答不出話來，既然答不出來，也只能強硬說下去。「西島醫生今天叫我過去，一開始只是想勸我停止去原田醫院研習，後來他才問我要不要跟他一起去吃飯。」

「那妳答應了嗎？」

「才沒有咧！」

「為什麼？」

「什麼為什麼？」

兩人變成雞同鴨講了。

附近座位趴在參考書上打瞌睡的醫員，好像被南的聲音吵醒，打著哈欠直起身子，伸了個懶腰。

「因為，他可是講師西島醫生吔！」

南立刻壓低音量說。

「也就是，地位與名聲兼具的三十多歲單身醫生啊！從社會標準來看，應該稱得上黃金單身漢。」

聽到這話，南頓時傻眼不已。

「好吧！」天吹微歪著頭，繼續說：「雖然眼神有點凶惡，待人也不親切，個性又扭曲，連對我這種積極進取的學弟，都赤裸裸地表現出競爭意識、刻薄相待，但不是個壞人啦！」

「你的形容裡面，根本沒有半點稱讚。」

南皺起眉頭，抱怨道。

「要把西島醫生當成對象，還是太勉強了嗎？」

天吹見狀，笑問。

「不是勉強不勉強的問題。只是對我這種笨拙的人來說，實在沒辦法抱著輕鬆的心態跟大醫生吃飯。」

「雖然妳這樣說，但妳也跟我去吃過飯了吧？」

「因為我平常就跟天吹醫生一起工作，很親近啊！」

「親近啊……」

這樣喔……？天吹停頓了一拍，別有深意地笑了。

「那，要是町醫生邀妳吃飯呢？」

這意想不到的提問讓南一時語塞了，而對於自己這樣的反應，讓南在雙重的意義上震驚不已。

「妳也會像對西島醫生一樣，直接拒絕嗎？」

天吹賊笑地追問。

「這……」

「妳一星期只會去原田醫院一次，跟町醫生不算親近吧？」

「怎麼會突然扯到町醫生啦？」

南拚命抵抗，天吹卻笑個不住，南完全被他玩弄在掌心。

「嗯，我想西島醫生會想要阻止妳去原田醫院，也是在意這一點吧？看這樣子，他的擔心也不算過慮。到現在還被當成競爭對手，町醫生也是無妄之災。」

看見雙頰一下子飛紅的學妹，天吹拿起手邊的論文，假惺惺地替她搧風。

「不管怎麼樣，妳都不必放在心上。妳想去原田醫院的話，繼續堅持就行了。對我來說，町醫生是非常重要的人；對妳而言，原田醫院也是很重要的地方吧！」

「我又沒有……」

「妳可別多心啊！我覺得妳開始去原田醫院以後，變得有點不一樣了。怎麼說呢……就是做為一個醫生，變得更圓融了。」

「圓融嗎？」

「是啊！以前妳只是拚命想要學到更多的內視鏡技術，現在似乎稍微放鬆了一些，可以看到更遠的地方了。雖然這或許只是我的心理作用啦！」

來自親近學長的意外評價，讓南不知該如何回應才好。

「對了，明天是星期二。」天吹望向月曆說：「妳要去原田醫院的話，能不能替我轉達一聲？就說昨天的救援，我由衷地感謝。」

「我可以去嗎？花垣醫生還沒有回來……」

「幾名醫局員今天晚上就會回國了，明天的工作沒問題的。如果能夠，我真想親自去跟町醫生道謝。」

說到這裡，天吹露出出感慨萬分的眼神。

「不過，他真是太厲害了。」

南也立刻浮現許多場景，站在沉默的天吹身旁，她沉浸在鮮烈的記憶浪濤中。

原田醫院的醫局裡，難得熱鬧的話聲此起彼落。

星期二的午休。

平常這時間，不是秋鹿默默地在打電動，就是中將倦怠地在喝紅茶。然而今天，當哲郎剛好結束門診回來醫局，立刻被中將歡欣的聲音迎接了。

「阿町，你到底幹了什麼好事？」

怎麼了？哲郎還來不及問，就被眼前的景象驚得瞪目結舌——醫局中央的大桌上，擺著五顏六色大量的糕點盒。

站在一旁的秋鹿，一個個拿了起來。

「這個白色盒子是龜屋友永的〈小丸松露〉，這是法式烘焙坊菓欒的〈西賀茂起司蛋糕〉、村上開新堂的〈瑪德蓮〉共有兩盒，還有綠壽庵清水季節限定的〈燒栗金平糖〉……」

一大堆赫赫有名的京都名物，以禮物紙包裝並排著。

每當秋鹿念出店名與商品名，中將的眼睛就跟著發亮。

「這些是怎麼回事？」

「全是送給阿町你的糕點，好驚人的品項呢！」中將說。

「送給我的？」

「聽說從早上就陸續送來，而送禮人全是大學醫院的醫生。院長在擔心你是不是動了人家什麼不得了的病例。」

「我沒做什麼危險的事啊！如果是綠壽庵的話，我知道是學弟天吹送的，但其他的到底是……」

「龜屋友永的〈小丸松露〉，送禮人寫的是，洛都大學麻醉科的七田。」

在對面研究糕點盒的秋鹿，悠哉地唸出送禮人的名字。

中將從旁邊探頭一看，不禁發出歡呼聲。

只見小巧的白色盒子裡，整齊地排列著以糖衣包裹餡料、外觀可愛的和菓子。

「好棒，麻醉科的七田醫生！這是超級費工的糕點吔！」中將說。

「法式烘培坊菓鑾，則是小兒科送的。開新堂的話，是外科送的嗎……？」

秋鹿欣喜地接著說。

「什麼啦！阿町，你明明只是去提供建議，怎麼這麼豐收呀？難道你是去大學大鬧了一場嗎？」

「請不要亂說。」

哲郎驚訝地反駁道。

「居然會送西賀茂起司蛋糕，真是太內行了。是小兒科送的？」

中將整個人心情大好。

「應該是講師篠峰醫生吧！」

「好，我要吃這個。這起司蛋糕入口即化，超讚的。賞味期限也只有短短幾天，不是隨便就能吃到。」

「那我要瑪德蓮，記得開新堂是大作家池波正太郎*最愛的糕餅店。」

外科醫師與內科醫師立刻任意點菜。

就在這時，南說著：「今天也請多指教！」走了進來。

「啊！辛苦了，茉莉。妳從今天開始回來？」

中將對同樣身為女醫師的南特別關照，因此稱呼也在不知不覺間，從「南醫生」變成了「茉莉」。

「去美國的醫生有幾位已回國，所以我可以過來了。這些東西是怎麼了？」

南看到了滿桌的糕點盒，一臉錯愕地問。

＊注：池波正太郎，是日本當代知名的劇作家和小說家，以《錯亂》榮獲直木獎。擅長寫時代小說，有「日本之金庸、高陽」之稱。

「都是來自大學醫院大醫師們的『賄賂』。」

「賄賂？」

「應該是阿町精彩表現的成果吧！茉莉，妳在現場看到了嗎？」

「看到了，真是令人嘆為觀止！」南朝著中將探出身體，興奮地說：「真的好驚人啊！ERCP並不順利，大家都慌了手腳，這時雄町醫生偷偷走進去……」

「等下再聽妳回憶。」

中將一下子制止了南激動起來的聲音。

「當前最重要的問題，是要從哪一盒開始？可以像這樣知名甜點吃到飽，可是非常難得的機會呢！」

「阿，這確實是很厲害。可是町醫生愛吃甜食的事，有這麼出名嗎？」

「應該吧！只要一盒甜點，再怎麼棘手的病例，都願意過來輕鬆搞定。這麼方便的內視鏡醫生要上哪找？」

「不是、不是——！」

哲郎抗議著，但根本沒人理會。

中將招手叫南過去，開始討論起該從哪一盒吃起。

一旁，秋鹿已經慢條斯理地拆開瑪德蓮吃了起來。

明明是送給哲郎的糕點，卻沒有哲郎插手的份。

「看來你幹得很好喔！」

忽然一道渾厚的聲音響起，鍋島慢慢地走進醫局來，他也剛結束門診。

「聽說花垣不在的時候出了問題？」

「我到最後都沒有碰內視鏡喔！花垣醫生看人的眼光沒有錯。」

「不只是看人的眼光，危機管理能力也出類拔萃，知道要找你去現場待命。」

確實如此，從這個意義來說，花垣的請求或許稱得上絕妙。

實際上，哲郎所做的事，就只是以第一助手的身分，在天吹旁邊操作導絲而已。

不過，ERCP本來就不是內視鏡醫師一個人能完成的手術，而且受到第一助手的技術影響甚大。若助手理解病情，並與手術者默契十足，精確度也會大不相同，成功率更會大幅提升。

最重要的是，就像花垣也說過的，導絲技術是哲郎最為專精的領域。

當然，唯有精熟的內視鏡醫師才明白這些。其他科別的醫師不用說，就連操作透視儀器的西島，似乎都沒有發現哲郎的存在。

哲郎帶著滑稽的心情，想起ERCP結束時，現場的醫師們都對著天吹送上掌聲，就連那個總是木著臉的西島，也滿臉感動地拍手。

哲郎就是趁著那沸騰的喧嚷，悄悄溜走，若無其事地回來了。

「總之，請院長向旦醫生道個謝。」

「向旦道謝？」

「他身為主治外科醫師，那段時間壓力肯定非常大。他直到最後都沒有插口，靜靜地守候。當然，他對於我在那裡也沒有說什麼……」

「會不會只是他沒發現？」

「我直到剛才也這麼想……」哲郎說著，望向桌子。「但如果他沒發現，應該不會送瑪德蓮過來。」

「也是。」鍋島以渾厚的聲音大笑。

離開現場時，七田正忙著退麻醉，無暇交談；篠峰則是站在遠處微笑，刻意不採取任何動作。

在這當中，旦從頭到尾一副渾然不覺的樣子，原來他早就發現自己了，這讓哲郎訝異極了。旦直到最後都沒有透露半點聲色，不愧是外科的副教授，技高一籌。

「辛苦你啦！」

鍋島輕描淡寫的慰勞中，帶著和煦的暖意。

「即使冒著風險趕過去，接受掌聲喝采的也是別的醫生。對你來說，這次任務對你的評價或加薪都沒有幫助。」

「加薪也就罷了，都這把年紀了，我已經不追求別人的肯定了，自己可是已經近四十的大叔了。」

「不管是四十還是五十，想要獲得他人的肯定，是人之常情吧？甘願無人聞問，默默潛身於幕後的人可不多。」

「並非無人聞問啊！事實上，我就收到這麼多糕點。」

「確實。」鍋島柔和地笑了。

「而且，」哲郎頓了一下，說道：「花垣醫生一直很照顧我。我離職後，最辛苦的就是他，他卻半句牢騷怨言都沒有，甚至還替龍之介擔心。」

「他擔心的不是龍之介，而是他不可靠的監護人吧！」

哲郎聞言笑了，思忖著：或許吧！

即便如此，哲郎對花垣的敬意依然不會改變。為了讓花垣爬得更高，他願意在底下替他扶好梯子。

「這次的事，會不會讓你想回去大學醫院？」

鍋島乍然問道。

「這個問題真突然。」

哲郎並不驚訝。

「哪裡突然了？我總是在擔心這件事。對這家醫院來說，你毫無疑問是不可或缺的人才。我實在不曉得把你這麼厲害的醫生綁在這家小醫院，真的是對的嗎？如果你提出想要回去大學醫院，我也沒辦法挽留。這真是個困難的問題呢！」

院長開誠布公到令人意外的這番話，讓哲郎忍不住回望他。

鍋島看著中將和秋鹿，表情並沒有太大的變化。

「我認為現在的醫療過度分工，讓各領域之間變得疏離。」

鍋島交抱起粗壯的手臂，繼續說下去。

「不同的疾病由不同科別的醫生負責，這就不用說了。門診病患如果住院，主治醫師就會換人；如果要動手術，又得換成另一個地位更高的醫生；到府看診的話，就有專門的醫生。對病患來說，不停地換醫生、換醫院，不會覺得暈頭轉向嗎？時代趨勢當然是細分化與專門化，但我想要稍微回歸一下。」

「回歸？」

「不管是門診還是住院，都由同一名醫生看診，病患也比較安心吧！即使轉為到府看診，或最後送病人離世，也都由原本看診的醫師負責。這樣的醫療，原田醫院能夠做到這一點。雖然等於是背離時代潮流，以至於財務吃緊，醫院也無法翻新，卻還是能提供最重要的『安心』。這是我想要留在這家醫院最大的理由。」

這是哲郎第一次從院長那裡聽到這樣的理念。

「不過，這並不是我創議的，我只是轉述原田理長事的話。」

「原田醫生這麼說？」

原田百三主要的業務是醫院經營，哲郎幾乎沒有機會見到他，頂多只在清早或傍晚時，看見他在醫院前面的花圃澆水。

「他是位瀟灑的老先生，心中充滿了熱情。」

鍋島賊賊地一笑，哲郎也忍不住回笑。

哲郎漸漸地看清了一些事物。在大學醫院工作時，一方面因為忙碌，他很少去正視病患本身；直到來到原田醫院，視野才有了轉變。其理由，不光是從最先端醫療轉到了一般醫院，還有這間醫院始終堅持著「盡力去關懷病患」本身的理念。

鍋島的信念，確實是違反時代的潮流，不過哲郎也認為，提供鍋島所說的「安心」，與「分工化」、「專業化」同等地重要。

「所以，我不說永遠，但請你暫時繼續留在這裡吧！」

鍋島以率真的語氣說完，豪邁地笑了。

哲郎也不自覺地點頭回應。

「町醫生！」

猛然一道喊聲傳來，是護理長土田從門診跑了上來。

「原來你在這裡。」氣喘吁吁的土田，探頭看向醫局說：「我找你找了好久，你忘了你的ＰＨＳ。」

看到土田右手遞過來的ＰＨＳ，哲郎連忙把手伸進白袍口袋，右手總是可以在裡面摸到的東西確實不見了。

「抱歉，害你意外運動了一下。」

「這沒什麼啦！倒是，我們剛才接到院外的連絡。」土田氣都還沒有緩過來，便著急地說：「是警察打來的。」

這陌生的詞彙讓鍋島微微揚眉，中將和南等人也詫異地回頭。

「警察說，辻先生過世了。」

土田好不容易理勻了呼吸，說道。

哲郎一時說不出話來。

『辻新次郎先生在住家過世了，可以請醫院派人過來確認嗎？』

哲郎在門診的診間拿著話筒，靜靜地閉上了眼睛。

講電話的對象是四條警察署的職員，應該是警察官，對方以公事公辦的語氣說明了發現的經緯。

辻好像每天都會在固定的時間離開公寓住處，一早就去打柏青哥。他突然兩天不見蹤影，鄰居擔心起來，打算過去他家查看，接著發現玄關門沒鎖，入內一看，只見辻在八張榻榻米大的房間裡吐血倒地。

哲郎問了一下住址，確認就在醫院附近，可以徒步抵達。

哲郎放下了電話，看向屏息等待的南。

「這次是驗屍了。」

「驗屍？」

「他跟妳也算是有點緣分，妳要一起來嗎？」

哲郎沉靜地探問，南立刻點點頭。

辻的住處，是從醫院往西經過兩條大馬路的巷內老公寓，走路只要幾分鐘。

辻第一次被送到醫院時，也是在附近的超市吐血倒下，所以醫院周邊原本就是他的生活圈。

雖說是驗屍，由於並非犯罪命案，公寓周圍並沒有民眾聚集，只有兩輛警車關掉警笛，安靜地停在巷內。

走上生鏽的鐵樓梯，經過戶外走廊，來到深處的一戶前面，那裡站著一名高大的警察。哲郎報上身分姓名後，他便行了個禮，讓哲郎進去。

哲郎在雜亂擺放鞋子的門口，穿上帶來的白袍，戴上手套，進入屋內。

室內空間狹窄，只有細長的廚房，以及一間八張榻榻米大的和室，散落著髒衣物、堆積的雜誌、四處丟棄的空啤酒罐等等，一片凌亂。幾名警察在裡面走來走去拍照、填資料，相當地吵鬧。

當走到裡面的和室的桌旁，南屏住了呼吸停下腳步。

只見仰躺在漆黑凝固的血塊上的人，毫無疑問就是辻。

「好久不見了，雄町醫生。」

牆邊的矮個子警察官，往前探出渾圓的身體，看上去很和善。但由於臉上貼著笑容，反而難以看清真正的表情。

哲郎向對方頷首後，回看表情緊繃的南。

「這位是四條警察署的濱福巡查。如果是這一帶的病人，我們經常會碰面。」

「承蒙醫生關照了。雄町醫生也有助手啦？」

「她不是助手，是醫生。」

哲郎平靜地說明，在辻的旁邊跪了下來。

「在病患的夾克口袋裡，有原田醫院的掛號證，我們便打過去詢問了一下，說是醫生的病患。」

濱福走過來解釋道。

「這位先生因酒精性肝硬化，在本院看診。」

「原來如此。是隔壁住戶報的案，當發現時已完全僵硬，應該已死兩天了。」

「是吐血。」

「是的。若是肝硬化的話，是靜脈瘤破裂嗎？」

濱福這名巡查似乎經驗老道，甚至說得出診斷名。

哲郎簡單診察了一下辻僵硬的身體。倒下前一刻可能正在吃零食，小桌上有吃到一半的洋芋片袋子。黑色的凝血塊在榻榻米上擴散了相當大的範圍，辻就像枕在那上面似地倒著，口邊也沾滿了赤黑色的血液。

儘管景象淒慘，辻本人閉著眼睛，神情卻十分安詳，就像睡著了一樣。要是沒有血液，或許看起來就只是在打瞌睡。

哲郎跪在榻榻米上，仰望站在旁邊的南。

「南醫生，妳怎麼看？」

「以這個狀況吐血倒地，應該是食道靜脈瘤又再次破裂。」南頂著蒼白的臉，努力回答猝然而來的問題。「如果出血量太大，有些病人可能還來不及叫救護車，就先失去意識了。」

「是啊……沒有外傷，對吧？濱福先生。」

「沒有呢！住處也沒有被翻箱倒櫃的樣子。雖然眼前這副景象蠻凌亂的，看起來並非宵小想要闖進來偷東西。」

濱福後方的兩名警官，似乎正在調查辻的家當。從電視櫃到壁櫥，都沒有發現任何物品遭到破壞或被推倒。

掛在牆上的肩背包，是辻平常看診時都會帶的東西。警察從老舊的包包裡取出錢包和香菸等物品，其中的白色藥袋顯得莫名怵目驚心。

哲郎察覺南摀住了嘴巴。

「要出去嗎？」

南無言搖了搖頭。

哲郎輕輕把手搭在南削瘦的肩上，她的肩膀像石頭一樣又冷又硬。

「為了避免這樣的結果，才努力做了緊急內視鏡，結果還是力有未逮……」

「唉，就算醫生拚命治療，還是有一堆救不回來的病人，更別說是酒鬼了，也不必替他們難過。」

濱福這話或許是出於好意，但在他熟慣的態度襯托下，反而顯得冷酷。

「連有沒有好好吃藥都很難說吧？」

「他應該都有按時服藥，只是他拒絕申請生活補助……」

「拒絕領補助？」圓臉的濱福，稍微睜大了一雙細眼。「這年頭居然有這麼奇怪的人。總之，雄町醫生，他是病死沒錯吧？」

「辻先生上星期確實來看過門診，若是吐血的話，也是可以從原有的疾病來解釋症狀。」哲郎一邊起身，一邊說：「死因應該是食道靜脈瘤破裂吧！」

「明白，那晚點我再請部下去醫院拿診斷書，要再麻煩醫生了。」

哲郎和南趁著手持相機的警察和濱福說話，離開了辻的住處。

醫生的工作是判斷死因是否為病死，而辻的情況顯而易見。本來也就是因為沒有犯罪嫌疑，警方才會請主治醫師過來。

哲郎在玄關脫下手套，待機的警察迅速打開垃圾袋收走。

脫下白袍走出戶外，只是穿過一道門，非日常便在一瞬之間回歸為日常。

狹窄的戶外走廊另一頭，是午後陽光下熟悉的巷弄與街景——有些傾斜的木板老圍牆、在屋簷下晃動的短簾、三種顏色轉個不停的理髮店旋轉燈等等，就連撫過臉頰的濕暖微風，都在告訴人們平靜的日常就在這裡。

把手遮在額上的哲郎，心胸浮現辻第一次被送急救時的情景。短短三個月前，辻才在推床上說：「我沒錢，沒關係嗎？」後來他再次吐血被送醫，好不容易救回一命出院，上星期才看了一次門診而已。

哲郎覺得辻的腳步實在太快了。

「可以讓我這樣就好嗎，醫生？」

他想起苦笑著這麼說的辻的身影，同時內心掠過一絲懸念。

辻會不會是故意不叫救護車的……？

要是突然吐血，一般應該都會放下一切，立刻叫救護車。然而手機就在洋芋片袋子旁邊，辻也沒有想伸手去拿的樣子。最重要的是，辻仰躺在大片血泊上，這讓哲郎覺得不太自然，看起來像是側倒在大量吐血形成的血泊中，再慢慢地翻過身，讓自己仰躺。雖然有可能因血壓一口氣下降而失去意識昏迷，但也有可能並非如此，因為辻的遺容實在過於平靜了。

事到如今，已無從確認。

哲郎輕嘆了一口氣，正要經過公寓走廊，這時他剛走出來的門又再次打開，濱福探頭出來。

「雄町醫生，我們找到一樣東西，或許最好請醫生看看。」

濱福說著走了出來，拍拍袖口上的灰塵，遞出一張泛黃的駕照。

「給我看？」

「我不太清楚是什麼……」

老練的巡查難得含糊其詞。

哲郎微微蹙眉，接下了駕照，發現是辻隨身攜帶的過期駕照。

照片中的辻，鬍鬚剔得很乾淨，穿著整潔。這和渾身是血被送醫的他，落差相當大，也讓哲郎印象深刻。

「在沒多少現金的錢包裡面找到的，差點就遺漏了。不過背面寫的東西，或許是給醫生的……」

在濱福催促下，哲郎把駕照翻過來，他不禁倒抽了一口氣。

背面的備註欄以小字填寫著住址變更記錄，這和之前看到的一樣。唯一不同的是，下方有一行顯然是後來追加的大字。

——謝謝醫生！

就這四個字。

短短四個字，以顫抖的字跡一筆一劃寫在上頭。

應該是用舊的原字筆所寫的，線條模糊不清，有些地方甚至斷斷續續。這無從錯認的四個字，以盡可能大的字跡被寫下，超出了狹小的框線。

「謝謝醫生！」

簡短的訊息忽然化成了聲音，在哲郎的耳中迴響。

辻在白色桌子另一頭露出笨拙的微笑，雙手撐在桌上，深深行禮。

「我覺得在醫生這裡，我可以安心離開。」

只聽見了他這樣說道。

筆跡客套稱不上秀麗，躍然紙上的大字，字如其人，看似隱忍著非人的痛楚，仍矜持地笑著。

「謝謝醫生！」

但也沒必要這麼急著走吧！

哲郎勉強試著苦笑，四個字卻忽然一片模糊，他輕輕地閉上了雙眼。

好久沒這種感覺了……。哲郎心想。

身為醫師，他一路上送走了許多病人，也有不少留下來的家屬對他表達感謝。

然而，這卻是他第一次收到已逝者的感謝。

「身上錢包裡的錢，就是我的全副身家了。」

辻如此說道，還笑著說會在駕照背面寫下他手頭大概有多少錢。

沒想到，他最後寫下的不是金額，而是只寫了四個字。

是因為他早已預期到這樣的狀況了嗎？如果運氣好，就能送到醫師手中，若沒有人發現，那也無所謂？這也十足反映了辻的作風。

「真難得呢！」

耳邊傳來濱福的聲音，抬頭一看，圓臉巡查正望著公寓房間。

「這類孤獨死的人，多半都對這個世界懷抱著怨恨或憤怒，總之就是負面情感。即使是在過世以後，只要看到臉，立刻就能看出他們的怨懟，住處裡也彌漫著類似怨念的詭異氣息。我有些年輕的部下就被那些怨氣煞到，還得了憂鬱症呢！」

可是……。濱福摸了摸飽滿的下巴。

「我覺得，能在錢包裡留下那樣溫暖的謝意離世，其實算是滿幸福的。這是我的感覺啦，我甚至覺得羨慕！」

濱福說著，望向在門口看起來很老實的部下，他拎著垃圾袋肯定地對哲郎點頭。

哲郎再次看著駕照，默默地遞給南。南接下證件，睜大了眼，一時之間啞然無言，很快地她摀住嘴巴，悄悄垂下目光。

「『謝謝醫生！』啊！很棒的一句話……真教人羨慕。」濱福喃喃道，再次看向房間，接著他抬起右手，轉向哲郎敬了個禮。「以後也麻煩醫生了。」

濱福後方的年輕警察，也立刻仿傚上司。

哲郎默默回禮，轉身背對兩名警察離去。

從辻的住處返回醫院的路上，哲郎和南都默默無語地走著。

太陽已過中天，微風輕拂。

哲郎將白袍夾在腋下，慢慢地走過這條只有汽車和速克達偶爾經過、算是比較清幽的馬路。

「抱歉啊！南醫生。」哲郎簡短地說：「這應該是妳第一次驗屍，我卻完全沒有進行指導。」

「不會。」南立刻回應，補充道：「光是醫生願意帶我去，就是一種學習了。謝謝醫生給我這樣的機會。」

「我沒做任何值得感謝的事啊！沒想到辻先生會偷留這樣的訊息，真是讓我大吃一驚。他第一次來的時候很突然，沒想到離開的時候也很突然。」

「是啊……」

南輕點了一下頭，卻將想要接著說出的各種話語嚥了回去，沉默以對。她的道謝並非出於客套，但這也不是需要多加解釋的事。

南成為醫師已四年多了，對於這段職涯幾乎都在大學醫院度過的她而言，哲郎所置身的醫療世界，異質得令人驚訝。儘管異質，卻非異樣；不僅如此，在忙碌的每一天的深處，竟有著奇妙的靜謐。

現在的南，能清楚看見獨自佇立在這片靜謐中，不斷思索的指導醫師身影。

「這樣就好了嗎……？我都叫自己不要去思考這個問題。」走在前面的哲郎，平靜地說：「當然很想滿懷自信地說：『這樣就好了。』只是醫療沒有這麼容易，自己的心也沒這麼強大。所以我能說的，總是只有一句話……」

哲郎停下腳步，仰望清澈高遠的天空。

「真的辛苦了！」

簡短的一句話，升上天際消散而去。

哲郎對著陽光瞇起眼睛，凝然不動。

在夏秋交融的季節風，輕柔地穿梭在兩人之間。某處依稀傳來自行車的鈴聲，也漸漸遠離。

「南醫生，我呢，無法對醫療這回事懷有多大的期待或希望。」

哲郎這毫無預警的自述，在巷弄裡迴響著。

南沒有驚慌，只是默默傾聽。

「身為醫生，或許不該說這種話，但我認為醫療的力量真的微乎其微。人這種生物脆弱到不行，而這個世界無比地殘忍又冷酷。我在為妹妹送終時，便徹底領悟到這個事實。」

哲郎稍微頓了一下，繼續看著藍天。

「可是也不能因為這樣，就任由無力感吞噬。這也是我妹妹教導我的，她讓我知道：『儘管世上充斥著無可奈何的事，還是有我們能做到的。』」

哲郎淡然的語調，漸漸充滿了力量。

「人是無力的，如果不彼此幫助，馬上就會被殘忍的世界吞噬。儘管攜手合作，也沒辦法改變世界，但看到的景色會稍微有所不同。若能在一片漆黑之中，暫時點亮一盞微光，而這盞微光，一定能為同樣在黑暗中顫抖的他人帶來勇氣。像這樣萌生出一絲勇氣和安心，是不是就是人們所說的『幸福』呢？」

南憶起了之前在車子裡聽到的那句話。

指導醫師以沉靜的目光，看向嬌小的學妹。

「南醫生，我們絕對不能搞錯。不管醫療再怎麼進步，並不代表人類變強了。技術無法克服人類的哀傷，藥局也無法處方勇氣和安心。要是冀望這種事，手中的幸福應該會在一眨眼間，被世界吞沒而消失。我們能夠做到的事，一定還有其他更重要的。我不太會解釋，不過……」哲郎說著，再次仰望天空。「那一定就像是為黑暗中凍寒的鄰人，披上外套的舉動吧！」

這些話十分奧妙，也讓南杵在原地，無法將心胸橫溢的思緒說出口，而且那原本就不是能訴諸言詞的情緒，她只聽見了風聲和胸口的心跳聲。

哲郎慢慢地搔了搔摻雜白絲的頭髮。

「抱歉，講這些複雜的事。」他的臉頰浮現苦笑。「這不是該對往後要繼續深造的年輕醫生說的話。不知道怎麼搞的，跟妳在一起，好像就是會不小心講太多。」

南猛然大力地搖頭，她覺得自己還有太多不懂的。儘管不能完全理解哲郎所說的內容，但她可以確信，那是非常重要的事。

哲郎所在的位置，不是聚光燈照耀的華麗舞台。他的腳邊看起來總是被柔光籠罩，所走過的地方，會亮起點點明光，而這些光一定又會引導他人，帶來新的光輝。

就如同辻在最後留下了溫暖的話語。

這時，郵差的紅色機車穿過兩人旁邊，南循著哲郎的視線望向天空。

夏季依然賴在十月的古都不走，不過空前蔚藍清澈的天，已能窺見秋季的氣息。

只要再過一個月，東山和北山就會從稜線依序染上秋色。錦繡般的色彩很快會披上全市，不管是高台寺的境內、渡月橋的橋頭，還是哲學之道，皆會在嚴寒季節前展現出最後的絢爛。

美麗的季節即將到來。

「自己還有許多不足之處，我還想跟隨在醫生身旁學習到更多，所以往後也請繼續指導我。」

南在小巷中央深深地躬身行禮，她清亮的嗓音迴響於巷弄間。

哲郎回望嚴肅的學妹，輕笑之後點了點頭，接著再次望向無盡的天際。

「已經秋天了呢！」

哲郎隨口一提，再次往前走去。

宛如被刷筆畫上似的一抹霞雲，沿著東山的稜線緩緩流過。

「血壓一六〇？那不是剛剛好嗎？醫生。」

哲郎的門診診間裡，充斥著鳥居善五郎粗重的聲音。

十月中旬，一如既往的門診。

執拗地灼烤著京都的猛暑，總算開始平息下來，逐漸來到醫院前的花圃由秋明菊和牡丹擔綱主角的季節。

這天上午，最後一名門診病患是鳥居。他以一貫的強勢，抬頭挺胸地討價還價著，彷彿對自己的高血壓引以為傲。

「一六〇還是很高吔！」

「不能降得太低吧？」

「沒有太低。血壓一六〇的話，不管是動脈硬化、中風，甚至是心肌梗塞，風險都會變高的。」

「……醫生，你也犯不著那樣一直嚇人嘛！」

「只要再下降一點點，就會安全許多。」

「再下降一點點嗎？」

「再一點點就行了。」

兩人重複著老樣子的對話之後，哲郎稍微調高了內服藥的量。
送鳥居離開診間後，土田就像平常那樣過來慰勞。
「辛苦了！醫生又成功稍微增加了藥量。」
「怎麼把我說得像是在強迫賣藥一樣。」
「沒事的，我明白醫生的辛苦。」
土田那深諳一切的回答，光是聽就讓人有種安心感。
「總之，上午的門診這樣就結束了。下午是到府看診，對嗎？」
「對的，今天是從岡崎到吉田山，總共三個人嗎？」
「也有今川女士，對吧？」
不愧是門診護理長，瞭若指掌。
「今川女士狀況怎麼樣？」
土田關心地探問道。
「令人意外的是，比想像中更平穩。」

羅患胰臟癌的今川，原本預估只能再撐一、兩個月，沒想到後來近乎神奇地沒有任何變化，繼續安穩地在家生活。

「果然是待在自己家比較好嗎？」

「或許也有這樣的部分吧！」

哲郎淡然地回應，並沒有特別的理念。

長男幸一郎說，是多虧了哲郎所說的「不用急」，但他並不想做出如此方便的解釋，因為醫師的預估本來就不可靠。

「町醫生，有找您的客人。」

櫃台的女職員走過來說道。

轉頭一看，熟識的前輩醫師正走進診間，不必說，就是洛都大學的副教授。

「嗨，阿町，一切都好嗎？」

花垣舉起手，爽朗地打招呼。

哲郎幾乎是反射性地擺出吃不消的表情。

「你又抓準了門診結束的時間跑來，醫院資訊門戶洞開，也是個問題吧！」

「我可沒有威逼利誘，只是溫柔地請求櫃台小姐稍微透露一下而已。」

這樣就能問出想要的答案，這便是問題所在。

「不是傍晚，而是大中午就跑來，是要討論什麼緊急的病例嗎？」

「真不愧是我賞識的男人，猜對了！」

花垣一屁股在圓凳子坐下來，從皮包取出影像光碟，插進桌上的電腦。如此熟門熟路地操作職場以外的醫院機器，這可議之處也不少吧！

花垣從美國回來，已過了兩星期。他還是老樣子，需要的時候就會跑來原田醫院；沒有鄭重地表達感謝，也沒有展現特別的關心。就跟哲郎辭去大學職位時，他不接受哲郎任何道歉或道謝的態度一樣。

哲郎也是，沒有詳細追問接受ERCP的男童後來的狀況。不過有聽南說，男童出院後，烤了一大堆餅乾送給醫師和護理師們，但哲郎並不想探問太多。

如果彼此有需要，就伸出援手，前往協助。對兩人來說，就只是這樣而已。

「這次的病例很有意思喔！」

花垣嘴裡說著換個角度聽起來可能頗不莊重的話，只見他敲打鍵盤叫出影像。不只是不莊重，還很難搞。哲郎知道這位副教授有個壞毛病，遇到愈困難的病例，就愈喜歡用「有意思」來形容。

哲郎故意大嘆一口氣，從口袋裡掏出藥盒，吃了顆金平糖。

以前的濃茶口味已經吃光了，現在藥盒裡裝的是天吹新送來的季節限定燒栗口味。令人驚艷的芳香，包裹著栗子高雅的甜味，這款金平糖香濃的滋味，超越了糖果的概念。

「對了，南醫生的研習沒問題嗎？」哲郎問。

哲郎接到天吹的連絡，說講師西島有意想要中止南在原田醫院的實習。哲郎不知道理由為何，卻也猜得出來；西島一定是說，在那種小醫院研習也沒有意義。

「真難得，你本來那麼排斥年輕醫生來觀摩，怎麼突然有幹勁了？」

花垣回應著，伸出手來。哲郎傾倒藥盒，在他的掌心倒了兩顆金平糖。

「南醫生很優秀嘛！她來這裡，對我們幫助很大，而且本人也說希望繼續在這裡研習下去。」

「沒問題的。就算你離職快三年，醫局裡還是有一堆醫生知道雄町哲郎的大名。『只要雄町醫生願意，就應該去向他學習。』這句話可不只我一個人說喔！」

「那太好了。」

哲郎喃喃道，品嚐金平糖的滋味。

花垣以打量的眼神看著他。

「你那什麼下流笑容？」

哲郎一臉防備地反問。

「沒事。只是，這年頭很少看到像南個性那麼認真的人了。我很納悶你跟南在工作以外，都聊些什麼。」

「我不懂這個問題的用意，副教授。」

哲郎冷冷地回答。

「你三十八，南我記得還不到三十吧？年齡差距還算在容許範圍內嗎……？可是，你們好像沒什麼共通話題，感覺只會一直討論無聊的內視鏡。」

花垣的賊笑依舊。

「她就是特地來學習內視鏡的，不勞你操心。」

「我當然會操心了。未婚就成了爸爸的學弟，是我現在最放心不下的啊！」

「你再胡說八道，就不跟你討論病例了。」

哲郎擺出凶狠的表情。

只見花垣賣弄地將一只裝在塑膠袋的小盒子放到桌上，從袋口看見的包裝紙上，印著〈北野名產〉四字。

「這是……」

「長五郎餅。」

「……」

「六顆入。不要嗎？」

「我又沒這麼說。」

哲郎的右手不受控製地伸向盒子，想要裝作若無其事，完全不自然到了家。

「我一向來者不拒，不過這讓人更加起疑了。別跟我說這次的病例是，兩歲兒童的ERCP？」

「我不會提出那麼瘋狂的要求，我只是在研究內臟逆位病患的ERCP。」

聽到這話，就算是哲郎也不由得錯愕失聲。

「逆位？是內臟位置左右相反的病例嗎？」

「是啊！而且還是完全逆位。你有經驗嗎？」

「胃鏡和大腸的話是做過。這感覺很奇怪，我記得《怪醫黑傑克》裡也有這樣的劇情，對吧？是外科手術的劇情。」

「對啊！我也記得，那一集非常震撼呢！」

「這次不會再像上次那樣，叫你跑來大學醫院了。你只要看看影像和數據，給點意見就行了。」

「那當然，三番兩次溜進內視鏡室的話，不可能不被抓包吧！」

哲郎說著，在螢幕叫出電腦斷層和核磁共振的影像。

「別抱怨了啦！葛城先生告訴我一家好吃的壽喜燒店，下次我再帶你跟龍之介去，我請客。」

「真是的……」

哲郎一臉受不了地嘀咕著。

不知何時，土田已泡了兩杯茶送過來，擺到兩人旁邊。

花垣叫出以不尋常的角度所拍攝的膽管影像。

哲郎搔著摻雜白絲的頭髮，稍微探出身體觀看。

「你有什麼看法？」

「很棘手呢！」

「就是說啊！」

老街的老舊診療室，現下搖身一變，成了最先端醫療的會議室。

哲郎盯著影像，打開長五郎餅的盒子，拿了一顆。

「可是……嗯，應該有辦法處理。」

「我也這麼認為。」

兩名內科醫師正在進行心神領會的對話。

溫暖的初秋陽光，從窗外傾注，吹過的風輕柔地搖晃窗簾。

哲郎咬了一口純白色的糕餅，纖薄柔軟的餅皮如絹絲鬆開般拉長，接著擴散出高雅的紅豆泥餡甜味。

哲郎沉浸在那絕妙的滋味當中，輕輕閉上了雙眼。

三味線的琴音，乘著秋風依稀傳來。

（全書完）

史賓諾莎診療室

作　　者　夏川草介 Sosuke Natsukawa
譯　　者　王華懋

責任編輯　許世璇 Kylie Hsu
責任行銷　曾俞儒 Angela Tseng
封面裝幀　許晉維 Jin We Hsu
版面構成　黃靖芳 Jing Huang

發 行 人　林隆奮 Frank Lin
社　　長　蘇國林 Green Su

總 編 輯　葉怡慧 Carol Yeh
日文主編　許世璇 Kylie Hsu
行銷經理　朱韻淑 Vina Ju
業務處長　吳宗庭 Tim Wu
業務主任　鍾依娟 Irina Chung
　　　　　林裴瑤 Sandy Lin
業務秘書　陳曉琪 Angel Chen
　　　　　莊皓雯 Gia Chuang

發行公司　悅知文化　精誠資訊股份有限公司
地　　址　105台北市松山區復興北路99號12樓
專　　線　(02) 2719-8811
傳　　真　(02) 2719-7980
網　　址　http : //www.delightpress.com.tw
客服信箱　cs@delightpress.com.tw
I S B N　978-626-7721-20-9
建議售價　新台幣380元
首版一刷　2025年7月
首版二刷　2025年8月

國家圖書館出版品預行編目資料

史賓諾莎診療室／夏川草介著；王華懋譯.
-- 初版. -- 臺北市：悅知文化精誠資訊股份有限公司，2025.07
352面；13.5×19.5公分
ISBN 978-626-7721-20-9（平裝）

861.57　　114008202

建議分類｜文學小說・翻譯文學